Henry Richard Heatley, Herbert Napier Kingdon

Gradatim
An Easy Latin Translation Book for Beginners

ISBN/EAN: 9783337389307

Printed in Europe, USA, Canada, Australia, Japan

Cover: Foto ©Andreas Hilbeck / pixelio.de

More available books at **www.hansebooks.com**

Henry Richard Heatley, Herbert Napier Kingdon

Gradatim

An Easy Latin Translation Book for Beginners

GRADATIM

An Easy Latin Translation Book for Beginners

BY

H. R. HEATLEY, M.A.

BEAUDESERT PARK SCHOOL, HENLEY-IN-ARDEN
LATE ASSISTANT MASTER AT HILLBROW SCHOOL, RUGBY

AND

H. N. KINGDON, M.A.

HEAD MASTER OF THE GRAMMAR SCHOOL, DORCHESTER

PREFACE

MOST practical teachers, who have abandoned the old "Delectus" system on account of its dulness, must feel that unless they are prepared to devote an unreasonably long period to Grammar before beginning Translation at all, their pupils have to face difficulties of Accidence and Syntax for which they are quite unprepared. On the other hand, no boy believes he is learning a *language* until he has begun Translation, and experience has shown, that though he has learned Latin for only a few days, he may attempt Translation with success, if it is specially prepared for him. In the early part of this book an attempt has been made to string together easy sentences so as to form connected stories, and at the same time to introduce gradually, and after due explanation, such grammatical points as are best adapted for beginners.

The writing of the early stories has not been an easy task; but the writers hope that, while often forced to sacrifice style to considerations of practical utility, they have avoided using words and constructions which have not the sanction of classical authority.

As an additional help to Translation the experiment has been tried of at first writing the Latin in English order, but this arrangement has been abandoned as soon as possible.

Grammatical rules and explanations in a very simple form have been interspersed among the stories.

The writers have to thank friends, both in Rugby and elsewhere, for many useful hints and corrections.

RUGBY.

CONTENTS

HINTS TO BEGINNERS.

TABLE OF STORIES.

Contents.

Contents.

PRONUNCIATION.[1]

Pronounce   ā   as in   r*a*ther.

ă   as in   *a*loof.

ē   as *ai* in   br*ai*n.

ĕ   as in   wh*e*n.

ī   as in   rav*i*ne.

ĭ   as in   c*i*ty.

ō   as in   b*o*re.

ŏ   as in   t*o*rn.

ū   as in   y*u*le.

ŭ   as in   t*u*tor.

ae   as English *e*   in wh*e*re.

au   as English *ow* in sh*ow*er.

oe   as English *oy* in b*oy*.

c   as in   *c*at.

g   as in   *g*un.

---

[1] ‾ placed over a letter means that it is to be pronounced *long*. amābam.

˘ placed over a letter means that it is to be pronounced *short:* pŭĕri.

e.g. (*exempli gratia*), for example.

N.B. (*nota bene*), notice.

Ex. Exercise.

Sections 1-12 (pages 2-9) require a knowledge of the following :—

(a) Declensions I. II. { Substantives. / Adjectives.

(b) Personal Pronouns.

(c) Present / Imperfect / Future Simple { Indicative Active of the First and Second Conjugations, and the same of the Verb *Sum*.

DECLENSION.

§ 1. SUBSTANTIVES (or NOUNS SUBSTANTIVE) are the *Names* of Things.

In English we say—

> The *wasp* killed the fly.
> The boy killed the *wasp*.

In each of the sentences the word "wasp" is unchanged, though in one the wasp *does* the action, in the other the wasp *suffers* the action; the order only has been altered.

In Latin this difference is expressed not by altering the order, but by changes in the form of the word, called Case-Endings.

Nominative   Vespă,   when the wasp does the action.
Accusative   Vespam, when the wasp suffers the action.

Vespă muscam nĕcavit.   *The wasp killed the fly.*
Vespam puer nĕcavit.   *The boy killed the wasp.*

Pronouns are the only words in English which have different forms for Nominative and Accusative.

Nom. I ; who.
Acc. Me ; whom.

§ 2. Besides the Nominative and Accusative, Latin has three other Cases,

GENITIVE, DATIVE, ABLATIVE,

the meaning of which is expressed in English by Prepositions, *of, to, by,* etc.

Genitive Vespārum, *of* wasps.
Dative Vespae, *to* the wasp.
Ablative Vespā, *by* the wasp.

English has also a special Case-ending ('s) for the Genitive.

The wasp's sting ; *or*
The sting of the wasp.

§ 3. There are thus in Latin five Cases in the Singular, each with its own Ending, and the same number in the Plural.

There is also another Case, the Vocative, used of the Person Addressed, but it has always the same form as the Nominative, except in Nouns in *-us* of Declension II.

To give these changes in the form of a Substantive is called *Declining* a Substantive.

CONJUGATION.

§ 4. VERBS express Actions.

Actions are done by different Persons: we express this difference in *English* by placing Pronouns before the Verb, sometimes (but not often) altering its form also.

I love, you love, he (or she) loves.

In *Latin* there is a special form for each Person, both in the Singular and the Plural, therefore the Pronoun need not be put in.

Amo, amas, amat.

All Substantives are of the Third Person ; if, therefore, Substantive is used, the Verb will be in the Third Person.

Wasps sting.

§ 5. Actions also differ in the time at which they are done; they may be *Present, Past,* or *Future.* In English, to express this difference, we use other Verbs, called *Auxiliary* or Helping Verbs, though there is also a special form for *Past* time.

> *Present*, I love, am loving, or do love.
> *Past,*   I was loving, used to love, did love, loved.
> *Future*, I shall love.

In Latin there are special *Tense-forms*, to express these differences of time.

> *Present*, amo.
> *Past,*   amabam.
> *Future*, amabo.

To give these special-tense forms is called *Conjugating* a Verb.

SUBJECT AND PREDICATE.

§ 6. Sentences are divided into SUBJECT and PREDICATE.

The *Subject* is the Person or Thing talked about. The *Predicate* is what is said about the Subject.

The Subject may be—

> *Simple*—One Noun.
>> *Birds* sing.
> *Qualified*—Noun with words added to it to tell you something more about the Subject.
>> *Small birds* sing.
> *Composite*—Two or more Nouns.
>> *Blackbirds and thrushes* sing.

The Predicate may be—

One Verb.

> Birds *sing*.

Verb with qualifying word or words.

> Birds *sing sweetly*.

Verb with governed word or words.

> Birds *sing sweet songs*.

In Latin the Subject and Predicate may both be contained in a single word.

> Cantamus, *we sing*.

§ 7. Special attention must be paid in *Latin* to certain RULES, which are not so noticeable in English.

RULE 1. The Verb must be of the same Person and Number as its Nominative.

> Corvi cantant, *ravens croak*.
> "Corvi canto" would mean, *ravens I croak*, which would be nonsense.

Ex. 1. SUBJECT and PREDICATE in One Word.

1. Ridēmus.	5. Dabant.
2. Ambulabatis.	6. Erĭmus.
3. Manebĭmus.	7. Tenētis.
4. Vidēbis.	8. Vulnerabĭtis.

Ex. 2.

SUBJECT.	PREDICATE.
1. Pueri	manēbant.
2. Servi	ridēbunt.
3. Ego et nuntius	manebĭmus.
4. Tu et puella	cantabĭtis.
5. Taurus	appāret.

INTRANSITIVE.

§ 8. When an action only affects the doer the Verb is called INTRANSITIVE, because its action does not pass across from the doer to anything else.

Maneo, *I remain.*

TRANSITIVE.

But when an action affects some person or thing besides the doer the Verb is called TRANSITIVE, because the action passes across from the doer to the other person or thing, and this latter is put into the Accusative Case.

RULE 2. When used *Transitively* Verbs govern an Accusative Case.

Ex. 3.
1. Periculum vidēbitis.
2. Timēmus lupum.
3. Amīcos advocāmus.
4. Intro āquam.

Ex. 4.

SUBJECT.	PREDICATE.
1. Puer	taurum vulnĕrabit.
2. Taurus	vulnerat puerum.
3. Magister	puellam docēbit.
4. Fossae	agros termĭnant.

§ 9. Care must be taken not to confuse the Accusative Case with the Dative. These are easily confused in English, since the Preposition *to*, which is the sign of the *Dative*, is frequently left out.

RULE 3. The Dative is the Case of the Recipient, or the person (or thing) who is interested in an action but does not actually suffer it.

> I give sugar *to the wasp.*
> I give *the wasp* sugar.

What I give is sugar; the *wasp* receives it, and is interested in what I do.

Ex. 5.

SUBJECT.	PREDICATE.
1. Magister	fabulam pueris narrat.
2. Agricola	dabit pomă amīcis.
3. Advĕna	puellae cĭbum praebet.
4. Furtum	domino appāret.
5. Praefectus	oppĭdo praeerat.

ADJECTIVES.

§ 10. An ADJECTIVE (or NOUN ADJECTIVE) is a word added to a Substantive to distinguish it from others like it.

In English, Adjectives have only one form.

In Latin, many Adjectives have three Terminations in each Case, one for each of the three Genders, Masculine, Feminine, and Neuter.

POSSESSIVE PRONOUNS, which are really Adjectives, agree in Latin with the *Thing Possessed*, and are not affected as in *English* by the gender of the *Possessor*.

> Taurus vulneravit *suam* dominam.
> *The bull wounded* his *mistress.*

RULE 4. An Adjective must be put into the same Gender, Number, and Case, as the Substantive it is used with.

Sacrus oculus.
Clara aqua.
Vir est *bonus.*

In English the Gender of a word is always settled by the *meaning,* but in Latin there is more difficulty, for it is settled generally, not by the meaning, but by the *form* of a word.

Eye is Neuter in English.
Oculus is Masculine in Latin.

Ex. 6. SUBJECT.   PREDICATE.

		Copula.	Complement.
1.	Templă	sunt	sacră.
2.	Agricolae	erant	probi.
3.	Servus	est	impĭger.

Ex. 7. SUBJECT.   PREDICATE.

1. Multae puellae   canōram fistulam amant.
2. Niger servus   timēbat cornigěrum taurum.
3. Maesti agricolae   saevum bellum timēbunt.

§ 11. The Genitive Case of a Substantive can often be used instead of an Adjective.

My father's gardens. { *Paterni* horti.
                          Patris horti.

Ex. 8. SUBJECT.   PREDICATE.

1. Nuntius deorum   ădest.
2. Caesar   castra Britannorum oppugnabat.
3. Ripae rivi   sunt altae.
4. Verbă amicorum   sunt grată.
5. Feminarum iră   est acerbă.
6. Oceani undae   terram inundabunt.

RULE 5. The latter of two Substantives which are not names of the same thing, is generally put in the Genitive.

APPOSITION.

§ 12. RULE 6. Words which refer to, or are names of, the same thing, are put into the same Case. These are said to be in APPOSITION.

Ex. 9. 1. Verberabo Caium, *malum puerum.*
2. Membra Pompei, *servi Afri*, sunt nigra.
3. Romani oppidum *Veios* oppugnabunt.
4. Dabimus argentum poëtae, *nostro amico.*

§ 13. The Ablative Case generally qualifies a Verb like an Adverb, and answers the questions, How? why? when? where?

> He slew him, *with a sword, from hatred, at night, in the street.*

Obs. (1). The Conjunction *-que, and,* cannot stand by itself, but is joined to the end of the word to which it belongs.

> Pueri puellaeque.
> Pueri et puellae.

(2). Latin has no Article ; therefore, in translating a Noun, think whether you ought to put in *a* or *the* before it or not.

(3). The Possessive Pronouns *My, his, their,* etc., are often left out in Latin.

> Servi videbant dominum.
> *The slaves saw their master.*

PIECES FOR TRANSLATION.

1. *The Naughty Boy.*

Albertus, ignāvus puer, non amabat littĕras. Saepe vītabat suum magistrum, et pererrabat agros. At saevus taurus habitabat agros. Demum videt puerum. Primo stat et saevis ocŭlis lustrat advĕnam. Albertus tentat fugam. Tum taurus instat. Mox cornigĕrum monstrum vulnerabit tergum misĕri pueri.

2. *The Dirty Ditch.*

Forte lata fossa, plena līmo et aquā, terminabat agrum. Miser puer appropinquat locum et tĕmĕre mandat se aquae. Aqua est non alta, sed profundus limus cohĭbet membra. Taurus videt puerum sed tĭmet periculum aquae. Diu Albertus haeret, et taurus vanā irā lustrat captivum. At agricola forte intrat agrum. Statim magno baculo deturbat taurum libĕrat-que puerum.

3. *The Rotten Apples.*

Carŏlus, filius impigri agricolae, bonus erat puer sed amabat malos amīcos. Agricola igĭtur dat puero calathum plenum pomorum. Calathus continebat poma bona, pauca tamen erant putrĭda. Puer curat donum dīligenter, sed mala poma macŭlant bona, et mox cuncta sunt mala. Carolus maestus plorat adversam fortūnam. Tum agricola ita monet filium. "Mala poma maculant bona, certe mali amici maculabunt bonum puerum."

4. *The Blackamoor.*

Florus, Afer puer, erat servus Titi, Britannĭci colōni (nam Britanni olim habebant servos). Augustus et Julius,

filii Titi. saepe rīdebant nigra membra parvi servi.
Florus alīquando non tenebat lacrĭmas. At Titus, vir
bonus, forte vĭdet lacrimas, et plenus irae maculat nigro
limo oculos et căpillos et membra malorum puerorum.
Itaque pueri nunquam posthac ridebant parvum servum.

5. *The Miser.*

Plutus, vir avārus, părat parvam fossam, atque ibi cēlat
multum argentum. Forte servus arabat agrum. Subĭto
nudat latebras et spoliat argentum. Postrĭdie furtum
appāret domino, nam saepe spectabat suum thesaurum
avĭdis oculis. Miser Plutus implet terram et caelum
querēlis. Subito Mercurius, fidus deorum nuntius, ădest,
et benigne postŭlat causam lacrimarum. Plutus igitur ita
narrat malam fortunam.

6. *The Miser* (*continued*).

" Sum vir ĕgēnus, tamen habebam parvum thesaurum ;
semper servavi meam pecuniam magnā curā. Nunc tamen
mihi nihil mănet." At deus mulcet maestum anĭmum
vĭri, et implet fossam saxis. Tum ita admonet Plutum.
" Tu quĭdem semper lustrabas argentum, nec unquam
attrectabas dīvĭtias. Divitiae non prosunt avaro ; saxa
igitur tibi supplebunt locum argenti."

7. *The Broken Dike.*

Cimbri habĭtant miram terram, nam oceănus saepe
inundat tecta et agros agricolarum. Incolae magnis fossis
tumŭlis-que coercent violentiam undarum ; aliquando tamen
aqua deturbat claustra et vastat terram. Forte tumulus
non valĭdus erat ; jam parva rima appāret ; mox magna

via patebit et undae superabunt terram. At parvus puer vĭdet perīculum ; statim dextrā implet rimam et coercet aquam.

8. *The Broken Dike (continued).*

Diu et constanter puer servabat praesidium. Jam membra rigebant, at parva dextra semper coercebat aquam. Postridie agricolae appropinquant locum. Puer frīgĭdus et morĭbundus dextrā tamen coercet aquam. Cĕlĕrĭter confirmant tumulum saxis, et implent rimam limo. Tum sublevant humĕris puerum recreant-que cibo. Cimbri saepe commemŏrant tantam constantiam, narrant-que suis liberis factum pueri.

9. *The Piper's Slave.*

Carolus, puer inhonestus, erat servus Clodii, viri honesti. Clodius erat perītus fistŭlā et saepe delectabat amicos cănōris sonis ; at puer non amabat fistulam, sed saepe erat molestus domino. Forte agricola, vīcīnus Clodii, celebrat nuptias filiae, vocat-que et dominum et servum. Cena erat copiōsa ; mensa vix sustinebat magnum caseum ; hic erant ōva, illic poma ; at porcŭlus praecĭpue delectabat oculos convīvarum.

10. *The Piper's Slave (continued).*

Convivae cupĭde exspectant epŭlas ; mox cenabunt splendĭde. Interea saltant, et dominus Caroli cantat fistulā. At puer avidis oculis lustrat mensam et videt porculum. Raptim tĕnet praedam dextrā, et frustra tentat fugam. At Clodius occupat fŭgĭtīvum ; recupĕrat praedam ; verbĕrat bacŭlo tergum mali servi. Inde Carolus maestus et jejūnus dat poenas mali facti.

QUESTION.

§ 14. To turn a simple STATEMENT into a QUESTION in English place the Nominative after its Verb.

Statement, *You are* happy.
Question, *Are you* happy?

Sometimes *Interrogative words* are used as well.

Why are you happy?

In Latin *Interrogative words* are always used. The most common are—

Num, expecting the answer *No.*
Nonne, ,, ,, *Yes.*
Nĕ, ,, ,, *Yes* or *no.*

-*nĕ* is always joined to the first word in the sentence.

Ex. 10. *STATEMENT.* *QUESTION.*

1. Equus non habet pennas. 2. *Num* equus habet pennas?
3. Pueri amant poma. 4. *Nonne* pueri amant poma?
5. Medicus est aeger. 6. *Est-nĕ* medicus aeger?
7. Verberas canem. 8. *Cur* verberas canem?

In translating Questions into English the Auxiliary Verb *do* is often used.

Cur laudatis puerum?
Why do *you praise the boy?*

Double Questions (*i.e.* two questions expecting one answer) must have two Interrogative words.

Utrum mihi dabis pomum *an* meo fratri?
Will you give me an apple or my brother?

§ 15. Prepositions when used in Latin govern the Accusative or Ablative Case.

The following govern the Ablative Case—
A, ab, absque, coram, de,
Palam, clam, cum, ex, *and* e,
Sine, tenus, pro, *and* prae,
Sometimes in, sub, super, subter.

All the others govern the Accusative Case.

Cum is joined to the end of the Personal, Reflexive, and Relative Pronouns.

Me-*cum*, vobis-*cum*, quibus-*cum*, etc.

PIECES FOR TRANSLATION.

The following ten pieces require a knowledge of—

(*a*) Declensions I. II. III. { Masculine } to end
Subst.   { Feminine } of *dens*.

(*b*) Present
Imperfect   } Indicative Active of the Third
Future Simple }   and Fourth Conjugations.

II. *The Young Doctor.*

Medĭcus quondam, fessus longo lăbōre, petebat breve otium apud rustĭcam villam amici. Interea committebat filio curam clientium. Juvenis, superbus labore, ita narrat fortunam jŏcōso comĭti. "Pater committit mihi suos clientes." "At," respondet amīcus, "ubi pater repetit urbem, ex clientibus quot supererunt?"

12. *The Sporting Doctor.*

Timon medicus, vir benignus, sed omnīno ignārus suae artis, intellĭgebat nec causas nec remĕdia morborum. Itaque cli̇entes plerumque discedebant e vitā. Timon erat venator, sēdŭlus quidem sed imperītus. Habebat multos canes et equos, sed praecipue amabat jacula sagittasque. Quondam, dum parat tēla ante portam aedium, occurrit amicus. "O medice," inquit, "hodie saltem occīdes nihil."

13. *Orchard-robbing.*

In Hispānia olim vivebat Nero, puer imprŏbus. Forte erat vicīno in horto magna aroor, maturis pomis onusta. Ubi puer videt arbŏrem, magna cupīdo praedae occŭpat animum. "Num dominus me videbit?" inquit avidus puer. "Cur non statim ascendo arbŏrem?" Itaque sine morā prehendit ramum, et trahit se iu arborem. Jam sĕdet inter poma; jam dextrā tenet gratas fruges. At subito audit raucum clamōrem. Ecce videt sub arbore magnum saevumque canem. Nero frustra se celat, nam canis sentit furem, implet-que agros rauco clamore. Dēnĭque jăcet sub arbore exspectat-que puerum.

14. *Orchard-robbing (continued).*

Diu puer manet in altā sēde. Interea volvit in animo multa et callĭda consilia. "Nonne saevus custos mox dormiet? Nonne caligo noctis līberabit me?" Denique, quod canis non relinquit praesidium, despērat de sălūtc. At fortūna juvat captivum. Nĭger taurus intrat agrum. Statim videt canem, et torvā fronte petit antīquum ĭnĭmī-

cum. Nec canis rĕcūsat pugnam, sed saevis dentibus
tentat mŏdŏ tergum, mŏdŏ frontem, tauri. Tum puer non
praetermittit occasionem, at desĭlit ex arbore, petit-que
fugam. Adversarii nec sentiunt fugam, nec rĕlinquunt
pugnam. Itaque Nero tutus a tanto periculo agit grātias
dis pro salute.

15. *Lady Godiva.*

Gyges, magnus et superbus princeps, gravĭter vexabat
incŏlas parvi oppĭdi, fīnĭtĭmi suis aedibus. Aliquando
postulabat a cīvibus tribūtum decem talentorum. Cives
igitur multis lacrimis communĭcant dolorem cum Godīvā,
uxore Gygis. Inde Godiva, prae misericordiā, petit
vĕniam a conjŭge, atque impetrat, sed duris conditionibus.
Diu haesĭtat; tandem amor vincit pudōrem, nec recūsat
conditiones. Oppĭdāni claudunt portas et fenestras, disce-
dunt-que e vicis. Tum Godiva detrahit vestem; ascendit
ĕquum; nuda ĕquĭtat per vicos; habet-que praemium.
Grati cives hodie servant memoriam Godivae magnā curā.

16. *Faithful Caleb.*

Timon vir erat gĕnĕrōsus sed ĕgēnus. Habitabat in
aedibus magnis sed obsolētis, et saepe tolĕrabat inopiam
cibi. Calebus, servus domestĭcus, multum amabat
Timōnem, et celabat diligenter paupertātem domini.
Aliquando multi viatores petēbant hospĭtium a Timone.
Vir benignus libenter apĕrit portas aedium. Ubi hora
cenae adest, quod habebat nullum cĭbum, Calebus paulum
haeret. Vīcīnus forte celebrabat ĕpŭlas; subĭto Calebus
currit ad locum et magnā voce, "Aedes ardent," exclāmat.
Convivae erumpunt huc illuc. At Calebus sĭne mŏrā
abstrahit a mensā nitĭdum ansĕrem, apponit-que viatoribus
epulas magnĭfĭcas.

17. *Little Johnny Head-in-air.*

Johannes, filius parci mercātōris, puer erat ineptus. Saepe per agros ambŭlabat, et semper tollebat oculos ad caelum, nec observabat hŭmum ante pĕdes. Amici igitur appellabant puerum "Johannem aerium." Johannes olim mōre suo ambulabat. Sol almā luce fulgebat; hirundīnes volĭtabant; aves cantabant. Puer more suo observat caelum. Eheu non videt lăcum ante pedes. Subĭto magno fragōre in aquam dēcĭdit. At piscator non longe abest, et currit ad locum. Sĭne mōrā hamo captat vestem Johannis, trahit-que ad terram puerum adhuc vivum.

18. *Judge Gascoyne.*

Henrīcus IV., rex Britannorum, habebat pigrum prodĭgum-que filium; nam juvenis nimium amabat malos comĭtes. Forte cives accūsant furti, Caium, amicum princĭpis, coram judĭce. Princeps propĕrat ad locum, et diris minis postulat vĕniam dēlicti. At judex, strenuus vir, nĕgat veniam. Princeps igitur stringit glădium. Tum judex vincit catēnis superbum juvencm. Post mortem patris juvenis Henricus, jam rex, dat digna praemia judici, habet-que in numĕro amicorum.

19. *Alfred and the Cakes.*

Aluredus, rex Britannorum, saepe pugnabat cum Danis. Primum Dani vincēbant rēgias copias, et rex, exsul, petit hospĭtium ab incŏlis parvae căsae. Incolae, inscii fĭgūrae regis, benigne praebent hospiti exĭguam cenam durum-que lectum. Postrĭdie pergunt ad labōrem. Agricola pascit ŏves; uxor verrit aedes; rex incendit ignem, torret-que liba. Mox tamen, quod anxius multis curis Aluredus

praetermittit laborem, flammae ădūrunt liba.   At uxor
agricolae, ubi factum videt, plena irā incrĕpat pigrum
hospitem, et verbĕrat dextrā regias aures.   Sed rex tolĕrat
pătienter poenam.

20. *Sir Walter Ralegh.*

Elisabetha, rēgīna Britannorum, semper gĕrebat vestes
splendĭdas et prĕtiosas.   Forte cum magnā catervā comitum
ambulabat per vicos urbis.   Subĭto videt ante pedes
multum lutum.   Regina stat incerta, quod tĭmet lubrĭcam
viam.   At juvenis exsĭlit ex turbā; humĕris detrahit
novum pallium et vestimento tĕgit locum ; tum itĕrum
recurrit ad sŏcios.   Regina laeta super pallium ambŭlat
nec macŭlat pedem.   Statim grata adscribit juvenem in
numerum amicorum.

ORDER.

§ 16. English, having so few Case-endings, is tied
down to a particular Order of words.

> The man swallowed the fish
> *is different from*
> The fish swallowed the man.

Latin has much more freedom.

> Homo devoravit piscem,
> Piscem homo devoravit,
> Piscem devoravit homo,
> Devoravit piscem homo,

all mean, " The man swallowed the fish."
While—

> Piscis devoravit hominem,
> Hominem piscis devoravit, *etc.*

all mean, " The fish swallowed the man."

Thus the beginner must not be surprised to find—

(1) The Accusative before the Verb;

(2) The Nominative after the Verb;

(3) The Adjective after its Substantive.

RULE 7. In translating do not merely take the words in the order in which they come, but look first for the Verb; it always points to, if it does not include, the Nominative. Above all, do not take the Accusative before the Verb.

PARTITIVE GENITIVE.

§ 17. **RULE 8.** The name of a *Whole*, of which a *Part* is taken, is put in the Genitive Case.

Multi *Romanorum.*
Many of the Romans.

Especially after Neuter words.

Nihil argenti, *no money.*
Tantum nummorum, *so much money.*

PIECES FOR TRANSLATION.

The following ten pieces require a knowledge of—

(a) Declension III. { Substantives.
{ Adjectives.

(b) Indicative { Active of the First and Second
Imperative { Conjugations, and the same of
{ the Verb *Sum.*

21. *Too Clever by Half.*

Roscius, praeclarus jurisconsultus, publĭcos ludos quondam spectabat. Subito vir rustĭcus occurrit. "Da

mihi," inquit, " rcsponsum, o praeclare Rosci ; canis divitis
vicini meum agrum intravit, necavit-que tres pullos.
Quantam tu mulctam domino canis imponis ?" " Quattuor
asses," respondit Roscius. " Da mihi igitur asses," vir
inquit, "tuus enim canis erat reus." " Res aequa est,"
iterum respondit Roscius, " et libenter tibi quattuor asses
dabo. At tu primum numĕrā mihi quinque asses, nunquam enim jurisconsulti sine mercēde dant responsa."

22. *The Young Shaver.*

Glaucus, puer Corinthius, adultorum hominum mōres
semper induebat ; nam togam virīlem vulgo gerebat et
saepe tondebat molles gĕnas. Quondam intravit tabernam
praeclari tonsoris, et magnā voce " Tondē," inquit, " meam
barbam sine mōrā." Tonsor, vir jŏcōsus, parat aquam ;
obducit mentum juvenis spumā albā; cultrum acuit ;
postrēmo vadit ad portam, habet-que sermōnem cum
amicis. Primo Glaucus rem patienter tolĕrabat ; tandem
non continet iram, sed causam mŏrae postulavit. " At,"
respondit Tonsor, " tuam barbam exspecto."

23. *The Green Cheese.*

Boeotus viator olim unā cum Corinthio et Atheniensi
noctu ambulabat. Mox comites ad rapĭdum flumen
veniunt. Forte altus pons jungebat flumen. Viatores
ascendunt pontem, et in aquā sub pedibus imaginem lunae
vident. " Ecce," inquit Boeotus, " pulcher caseus in
aquā jăcet. Cur nos non praemium deportamus ?" Sine
mōrā Boeotus manibus pontem tĕnet, et suspendit corpus
super aquam. Deinde Corinthius prehendit crura amici.
Atheniensis habet tertium locum et pedibus praemium

captat. Tum exclamat Boeotus, "Vos tenēte firmĭter mea crura, nam manus durum lignum terit." Simul laxat manus, et omnes in aquam decĭdunt.

24. *Logic!*

Rustĭcus olim, nomine Gellius, vir dives sed indoctus, mittit filium ad ludum Zenōnis, praeclari philosophi. Post alĭquot annos filius repĕtit paternum tectum, et parentes suā sapientiā delectat; nam omnes ingenio et sermone superabat. Mox tamen juvenis dispŭtat cum patre de cultu arvorum; tandem irātus, baculo caput et humĕros senis verberat. "O scelerāte," exclamat Gellius, "num verberas patrem?" "Equidem," respondit juvenis, "et recte: nonne tu me parvum puerum verberabas?" "At invītus verberabam te, et pro tuā utilitate." "Et ego hodie verbero te pro tuā utilitate, et invītus."

25. *Wat Tyler.*

Ricardus, adhuc juvenis, succēdit regno Britannorum. Mox erat gravis seditio plebis. Vir rustĭcus, nomine Figulus, seditiosam turbam ducebat. Jam-que ingens caterva intraverat urbem Londinium, et omnia spoliabat. Inde dum cives claudunt tabernas et fugam tentant, subito rex juvenis cum paucis equitibus adest. Figulus autem prehendit equi regis habenas. Sine morā magister equĭtum stringit gladium occīdit-que hominem audācem. Statim omnes sumunt arma, tendunt-que arcus. Rex autem procēdit in medium. "Comites," inquit, "hic jacet vester dux, nec unquam resurget. Deponĭte tela; ego posthac ero vobis dux."

26. *The Miser's Shoes.*

Senex, nomine Abulus, dives sed avarus antīquas sordidas-que vestes gerebat. Omnes cives cognoscebant pannosos avari calceos. Olim senex lavabat membra apud publicas thermas. Forte vir jocosus locum intraverat. Ubi videt vestimenta Abuli, sine mora mutat calceos senis avari cum purpureis soleis consulis. (Nam consul ibīdem forte se lavabat). Mox Abulus ex aquā emergit. Nescius fraudis, dis agit gratias pro tanto miraculo, et cum purpureis soleis discēdit. At ubi consul sentit furtum et cognoscit calceos Abuli, vix continet iram. Denique invītus foedos calceos induit.

27. *The Miser's Shoes (continued).*

Postridie lictores trahunt Abulum apud consŭlem, atque hominem furti accūsant. Infelix Abulus multis cum lacrimis veniam imprudentis facti orat, at frustra. Nam consul asperā voce, "Deliga," inquit, "lictor, ad palum malum furem; verbera tergum saevis virgis." Lictores haud invīti sumunt poenam, calceos-que Abulo reddunt. Abulus vix trahit miserum corpus ad flumen (magnum flumen non procul aberat). Tum exclamat, "Nunquam iterum infelīces calceī dominum perdētis." Inde aquæ calceos committit.

28. *The Dainty Boy.*

Augustus puer erat pinguis et nītĭdus; parentes cum gaudio videbant roseas gĕnas pueri. Huic nutrix jucundam cenam paraverat; caput cenae erat jus bonum.

At puer jus abnuit et optat ōva. Tanto fastīdio irata nutrix cibum amŏvet, puerum-que ad lectum jejūnum dimittit. Postridie jus est iterum caput cenae; at puer, etsi valde esuriebat, iterum recūsavit. Jam-que fames corpus Augusti consumebat, tamen in suo consilio manebat puer; et haud ita multo post migravit de vītā.

29. *Cruel Frederick.*

Fredericus, puer crudēlis, non amavit animalia; saepe divellebat ālas muscarum et corpŏra formīcarum acūbus transfīgebat. Aliquando vexabat Trajanum, suum canem, saxis et verberibus. Saepe pater Fredericum ita monuit: "Cave canem, nonne dentes habet acūtos?" At puer verba patris negligit et manu caudam miseri canis torquet. Diu Trajanus rem patienter tolĕrat. Tandem iratus mordet dextram pueri. Fredericus multis cum lacrimis patrem petit. "Cur tandem," inquit pater, "meum consilium negligebas?"

30. *Follow the Leader.*

Pastor, nomine Panurgius, multas oves habebat; at dives vicinus viginti ex numero subducit. Pastor ad judicem prŏpĕrat, furem-que accūsat. Sed judex, vir inhonestus, prae timore divitis viri prĕces pastoris spernit. Tum pastor humiliter accēdit ad furem: "Retine," inquit, "oves, da mihi tamen arietem, ducem gregis." Fur, incautus, arietem dat. Jam pastor tollit animal in humeros et discedit. At oves audiunt vocem ducis, et universae notum ŏvīle sui domini petunt

DEMONSTRATIVE AND DEFINITIVE PRONOUNS.

§ 18. Demonstrative and Definitive Pronouns are used to point out or distinguish some Person or Thing.

They are either *Substantival*—used instead of a Substantive ; or *Adjectival*—used with a Substantive.

The most common are, *Is, hic, ille, idem, ipse.*

1. Vides-nĕ eum ?	*Do you see* him ?
2. Vides-nĕ eum leonem ?	*Do you see* that *lion ?*
3. Is leo, quem vides, est fulvus.	The *lion, which you see, is tawny.*
4. Vides-ne ejus caudam?	*Do you see* his *tail ?*
5. Hoc a te peto.	*I ask you* this *favour.*
6. Demosthĕnes ille orātor.	*Demosthenes* the famous *orator.*
7. Hic erat taciturnus, ille loquax.	*The* latter *was silent, the* former *talkative.*
8. Ipse venit.	*He came* himself.
9. Eodem modo omnia agis.	*You do everything in the* same *way.*

PIECES FOR TRANSLATION.

The following ten pieces require a knowledge of—

(*a*) Substantives. Declensions III. IV. V.

(*b*) Pronouns. { Demonstrative. / Definitive.

(*c*) Indicative } Active of the Third and Fourth
    Imperative } Conjugations.

31. *The Vulture's Nest.*

Vultur olim finxerat nidum in altā et praerupta rupe. Hic diu impūne teneros pullos alebat. Saepe juvenes descensum ad nidum tentaverant, at frustra, quia praeceps

scopulus imminebat, et lubrĭca saxa vestīgia fallebant.
Tandem senex juvenes his verbis deridet; "Cur ignavi
periculum timetis? ecce! mea parva filia ad locum des-
cendet." Juvenes etsi rem vix credunt, tamen mandata
ejus peragunt. Magna quercus impendebat scopulo;
huic funem aptant et omnia parant.

32. *The Vulture's Nest* (*continued*).

Jam senex tenero corpori virginis funem caute aptat.
Tum sex validi juvenes eam ex altā rupe demittunt.
Omnes tăcĭti eventum exspectant; at illa sēcūra aerium
iter pergit, et magno conto defendit acutos scopulos. Jam
pervĕnit ad nidum, et dextrā parvum vultŭrem tenet.
Statim dat signum reditūs. At pater vultur audit vocem
prolis, et magno clangore puellam petit. Illa tamen, etsi
saevi alitis ungues teneras manus dilacerant, cultro se
defendit, nec praedam demittit. Jam juvenes vident
periculum puellae, ingĕmĭnant-que laborem. Mox laetus
pater audācem filiam amplexu tenet.

33. *The Standard.*

Ricardus, rex Britannorum, olim cum Solimano bellum
gerebat. Multos equites diversarum gentium, socios
adjutores-que belli, habebat. Hi fortis regis timebant
virtutem, sed superbiam parum amabant. Forte rex suum
signum in alto et insigni loco constituerat. Id movebat
iram sociorum et noctu signum divellunt. Rex igitur,
ubi reponit signum, delĭgit custodem loci equitem nomine
Cennetum. Nec ille tantum honorem recūsat, at laetus
arma induit. Inde, etsi ipse haudquaquam hostem
timebat, canem fidēlem vigiliae comitem advocavit.

34. *The Standard* (*continued*).

Nox erat et luna sĕrēno fulgebat caelo. Diu et vigilanter Cennetus locum custodiebat. At subito canis latratum ēdit. Jam ipse audit lenem sonitum. Statim stringit gladium. At vox nōta, " Depone," inquit, " telum ; Cloelia tua sponsa haud procul ab hoc loco te exspectat ; vĕni igitur mecum celeriter." Stultus eques, fidei immĕmor, stationem dēsĕrit ; relinquit tamen canem custodem loci. Dum abest, clangorem armorum audit, deinde gĕmĭtum. Dolore furens recurrit ad locum. Eheu ! signum abest, et fidelis custos moribundus jacet.

35. *The Standard* (*continued*).

Paucos post dies Ricardus copias sociorum recensebat. Dum ipse in regio solio sedet, principes equites-que cum multis millibus militum ante oculos regis incedebant. Haud procul ab eo loco stabat Cennetus cum cane fideli (is enim vires corporis recuperaverat). Jam duces singillatim regem salutabant. Subito canis cum saevo latratu equitem, auro et ostro insignem, ex equo in pulvĕrem deturbat. Comites cum clamore occurrunt. At rex, " Consistite," inquit, " amici ; justa est poena, hic enim meum signum violavit."

36. *The Faithful Hound.*

Cambricus olim, acer venator, fidēlem habebat canem, nomine Gelertum. Dum ipse in silvis abest, canem saepe relinquebat parvi filii custodem. Aliquando mōre suo Gelertus dominum rĕdŭcem cum laeto clamore salutabat. At subito dominus pectus ejus et dentes sanguine cruentos notat ; perterritus cunas parvi filii petit. Eheu puerum non videt, sed undique cruorem, foedi certaminis indicium. Statim caeco furore canem, mali auctorem, jăcŭlo transfīgit. Gelertus cum gemitu exspīrat. Simul dominus in recessu aedium infantem videt, salvum atque incolumem. Sed haud procul ab eo loco jacebat ingens lupus. Fidelis enim custos vitam infantis ita servaverat.

37. The Gossip.

Erat Timoni uxor garrŭla. Haec aliquando apud feminam vicīnam cenabat. Diu Timon uxorem suam frustra exspectaverat. Tandem iratus aedium portam obsĕrat, et petit cŭbīle. Mox tamen uxor redux ostium vĕhĕmenter pulsat. "Apĕri celeriter portam," exclamat illa, "nonne uxoris tuae vocem audis?" "Minime," respondit ex cubili dominus; "tu non mea uxor es, nec vocem tuam cognosco; mea enim uxor jam mecum cubat."

38. The Gossip (continued).

Diu femina preces producebat, sed frustra; tandem dolum parabat. "Nisi tu," inquit, "portam aperies, ego in hoc flumen desïliam." Simul in aquam magnum lapidem devolvit, et sese non procul abdit. Vir sonitu territus ostium aperit, prŏpĕrat-que ad ripam. Protinus irrumpit in aedes uxor, obsĕrat-que portam. Frustra vir infelix ostium pulsat; "Discēde," inquit uxor, "tu enim, ut ipse dixisti, non es meus conjux."

39. The Siege of Calais.

Edvardus olim, rex Britannorum, urbem Gallĭcam oppugnabat. Diu incolae copiarum regis impetum magnā cum virtute sustinuerant. Tandem, ubi nihil cibi supĕr-

ĕrat, miseri-que cives mures et pelles ĕdebant, cum rege
de deditione agebant. At rex, propter tantam hostium per-
tināciam iratus, saevas conditiones pacis impōnit, mortem-
que duodecim principum postulat. Sine morā duodecim
viri se pro patria devovent. Inde comites maesti funibus
colla amicorum vinciunt, eos-que ad regem ducunt.

40. *The Siege of Calais* (*continued*).

Rex inter nobiles in praetorio sĕdebat. Jam-que maesta
turba civium captivos ad locum ducit, omnes-que multis
cum precibus ad pedes victoris cadunt. At rex durus
preces eorum spernit avertit-que vultum. Forte regina
rem cognoscit; statim ad praetorium properat, suas-que
lacrimas cum precibus civium jungit. "Da mihi, rex
magne," inquit, "vitas horum fortium virorum; nonne hi
recte suam patriam defenderunt?" Rex primo preces non
audit, tandem lacrimae uxoris iram vincunt, poenam-que
captivis remittit.

COMPARISON.

§ 19. (1) When two Things are compared they
are put into the same Case and coupled by *quam*.

> Amo *te* magis quam *eum*.
> *I love you more than him.*

(2) If the *first* is either in the NOMINATIVE or
ACCUSATIVE, the *second* may be put into the ABLATIVE,
leaving out the *quam*.

> *Julia sorore* pulchrior est.
> *Julia is more beautiful than her sister.*

The Comparative can often be translated by *too, rather, com-
paratively*, etc.

> *Tardius* ambulavit.
> *He walked* rather slowly.
> *Longius* e navi erravit.
> *He wandered* too far *from the ship.*

TIME.

§ 20. (1) The Time DURING WHICH an Action lasts is put into the Accusative, sometimes with a Preposition *per*.

> *Totam hiemem* in urbe manebat.
> *He remained in the city during the whole of the winter.*

If the Sentence is Negative the Ablative is used.

> *Totâ hieme* lupum non vidi.
> *I have not seen a wolf all the winter.*

(2) The Time WHEN, or WITHIN WHICH, an Action is done is put into the Ablative without a Preposition.

> *Mediâ hieme* ab urbe discessit.
> *He went away from the city in the middle of winter.*

Observe the phrases—

Multis post annis.	*Many years afterwards.*
Aliquot post menses.	*Several months afterwards.*
Haud ita multo post.	*Not long after.*
Ante annum.	*A year before.*

PIECES FOR TRANSLATION.

The following ten pieces require a knowledge of—

(*a*) Comparison of Adjectives (Regular).

(*b*) Numeral and Pronominal Adjectives.

(*c*) Indicative } Active of Verbs in -*io*, Third Con-
Imperative }   jugation.

41. *The Babes in the Wood.*

Duo olim erant fratres, Verres et Timon. Horum alterum gravis corripuerat morbus. Hic jam moribundus

fratrem ad lectum vocavit, ei-que curam parvorum liberorum mandavit. Ille multis cum lacrimis mandatum
accipit, fĭdem-que unum annum integram servat. Secundo
tamen anno, quod liberi erant agris nummis-que divitis-
simi, patruus, auri avidus, insidias nepotibus struebat.
Itaque duos latrones ad sese appellat. "Interficite,"
inquit, "clam hos infantes; vobis magnum pondus
argenti, pretium caedis, dabo." .

42. *The Babes in the Wood (continued).*

Postridie Timon malā fraude nĕpōtes ad se advŏcat.
"Hodie," inquit, " vicinae urbis incolae fērias agunt; hi
igitur ex meis servis fidēlissimi, deliciarum causā et
voluptatis, vos ad locum ducent." Simul manu duo
latrones ostendit. Liberi magno cum gaudio discēdunt,
et jam animo mille laetitias praecipiunt. Mox autem
viatores ad densam silvam, locum ad caedem aptissimum,
veniunt. Forte unus ex latronibus altero erat mollior.
Hujus pectus grata vox liberorum lēniverat. Hic igitur,
ubi ad locum veniunt, non modo factum abnuit, sed etiam
suā manu comitem crudeliorem interfecit.

43. *The Babes in the Wood (continued).*

Liberi gladiis et cruore perterriti lacrimas effundunt.
Victor tamen timorem mulcet, eos-que in densiorem silvam
ducit. "Hic," inquit, "manēte, dum ipse absum; mox
vobis placentas lactis-que copiam reportabo." Simul a loco
discedit. Unam horam liberi sine timore flores silvestres
undique carpebant. Mox quod fames corpora prĕmebat
redĭtum latronis misĕre cupiebant. Frustra tamen huc
illuc currunt, et omne nemus maesto clamore implent,
nemo enim questūs eorum audit. Tandem fessi cursu, et

fame langŭidi sese sub arbore dejiciunt. Mors benigna celeriter finit labores, nec de-erat honor sepulcri, parvae enim aves corpora frondibus teneris texerunt.

44. *The Rats in the Barn.*

Erat olim in Germaniā mala fames, messis enim eo anno nulla fuerat. Magna igitur turba civium quotidie a principe panem vĕhĕmenter petebat. Tandem precibus eorum fessus, princeps crudelis omnes in horreum ingens vanā spe cibi induxit. Mox ubi horreum plenum fuit flammas tecto admovit, et omnes ad unum delēvit. Inde dum clamoribus miserrimis et caelum et terra resŏnant, "Audite," inquit, "murium stridorem." Vix ea dixerat, quum vocem magnam comites audiunt. "At miser, paucis post diebus, iidem mures tuum corpus devorabunt."

45. *The Rats in the Barn (continued).*

In medio Rheno forte eo tempore stabat turris altissima; huc princeps, dirā voce perterritus, fugit; nihil enim aquā tutius habet. Hic unum diem manebat tutus, et alterum; tertiā tamen nocte custodes mille pedum crepĭtum audiunt. Mox ubi sol noctis umbras fugavit, immane portentum vident. Utramque enim ripam fluminis innumerabilis murium multitudo complet. Jam mures in aquam desiliunt, turrim-que petunt. Frustra princeps portas fenestras-que obsĕrat; hi enim scandunt muros, illi acutis dentibus ligneas portas rodunt. Passim in aedes irrumpunt, et universi in principem impĕtum faciunt. Frustra is deos invocat iratos, sexcenti enim hostes ex ossibus cutem divellunt, et crudelis facti terribilem poenam sumunt.

46. *The Pied Piper.*

Hamelīnam, urbem pulcherrimam, vexabat olim dira
pestis; murium enim innumerabilis multitudo non modo
omnia devorabat, sed etiam infantes, dum jacent in cunis,
oppugnabat. Incolae omnia consilia frustra tentaverant;
denīque magnum pondūs argenti proponunt totius generis
exitii pretium. Hoc ipso tempore vir, pictā veste insignis,
intravit urbem, laborem-que suscipit. Statim magna
caterva eum ad forum deducit. Huc ubi pervenit advĕna,
ex sinu tībiam parvam detrăhit, paucos-que modos fingit.
Vix id carmen cessaverat, ubi mirum prodigium evenit,
undique enim ad sonum ingenti tumultu mures concurrunt.
Primo consistunt, deinde omnes, albi, nigri, senes, juvenes
ad modos tibiae saltant. Postremo uno impetu in flumen
e conspectu desiliunt.

47. *The Pied Piper* (*continued*).

Primo cives rem vix credunt; deinde laetitiae ingenti
se dedunt. Jam-que tībicen sui laboris praemium postulat.
At cives, jam periculi expertes, fidem ingrati violant, et
magnam partem argenti retinent. Itaque iratus iterum
tibiam corripit, alterum-que carmen priore pulchrius fundit.
Protīnus ex omnibus domibus magna puerorum virginum-
que caterva virum cingit. Inde tībīcen, dum illi choros
laetissimos agunt, omnes ad propinquum montem deducit.
Tum miseri parentes rem terribilem vident; nam ipse
dehiscit mons et immenso hiatu totam manum accipit.

48. *Caught by the Tide.*

Canutius, Icēnorum rex, longe sapientior erat aliis
regibus. Hujus olim opes et auctoritatem unus ex assen-

tatoribus hoc modo laudabat. "Nonne," inquit, "rex magne, et mare vastum et celeres venti tua mandata peragunt?" Rex nihil respondit, sed postero die, jussu ejus, servi ad litus marītĭmum solium deducunt. In hoc assentatorem locat, et ipse in rupe stat propinquā. Forte aestus ex alto se incitabat. Tum rex, "Recurre," inquit, "mare superbum; nonne tu meus servus es? Cur igitur tui fluctus audaces meum solium ita violant?" Fluctus tamen surdi mandata regia non audiebant, sed se in ipsum solium illīdunt. Tum rex, "Nemo·nisi Deus imperium maris tenet."

49. *Rollo and the Two Sticks.*

Apud Graecos scriptores hoc invenimus de Rollone, cane callidissimo. Magister, dum ipse ambulat, semper cani comiti scipionem suum auratum committebat. Hunc Rollo superbo ore per vicos gerebat. Forte tamen magister pro scipione aurato baculum sumit ligneum, altero turpius. Hoc more suo cani committit. At Rollo, propter tantum dedecus iratus, diu laborem recusat. Tandem ubi magister baculum inter dentes inseruit, canis e conspectu subito fūgit; brevi tamen ad magistrum sine baculo recurrit. Tres inde menses magister frustra baculum quaerebat; quarto tamen mense dum servi fimum ex stabulis in agros transportant, baculum sub ingenti fimi acervo inveniunt.

50. *Buried alive.*

De eodem Rollone aliud et mirabilius invenimus. Magnus anātum grex in lacu finitimo natabat. Harum unam canis miro amore fovebat. Saepe jussu magistri hanc suo ore etiam ab ulteriore margine lacūs ad pedes ejus reportabat. Ea quidem res erat gratior cani et domino quam anati; haec igitur pennis pedibus-que canis impetum semper fugiebat. Tandem Rollo, tali pervĭcaciā defessus, solum in horto effōdit anatem-que vivam sepelivit, sive ludibrio, seu (ut magister credidit) quod eum locum magis idoneum putavit.

THE RELATIVE.

§ 21. (*a*) The RELATIVE is used to avoid repeating a word (called its Antecedent) already used once.

> Video murum, *quem* Balbus aedificavit.
> *I see the wall,* which *Balbus built.*

If there were no Relative we should have to say,

> Video murum, et Balbus eum murum aedificavit.
> *I see the wall, and Balbus built that wall.*

Thus it has also the force of a Conjunction, and serves to connect Sentences.

RULE 9. The RELATIVE agrees with its Antecedent in Gender, Number, and Person.

> 1. Nos, *qui* fortes sumus, pugnabimus.
> 2. Tu, *quae* parva es puella, nutrīcem amas.

RULE 10. The RELATIVE is not necessarily in the same Case as its Antecedent, but in the Case which its Antecedent would be in if repeated.

Ex. 11.

1. Habes asinum, *qui* (asinus) est laboris patiens.
2. Equus, *quem* (equum) habemus, est celer.
3. Virum, *cujus* (viri) filius es, amamus.
4. Hic est puer, *cui* (puero) pomă dedimus.
5. Hastă, *quā* (hastā) hostem occīdisti, erat acris.

(*b*) A Sentence containing a Relative word is often called an Adjectival Clause, because it qualifies a Substantive like an Adjective.

> **Est mihi mensa, quae est nigra.**
> *I have a black table.*

A Relative Clause may be omitted without altering the construction of any other word in the sentence.

(*c*) A Relative word is often omitted in English but never in Latin.

> *Where is the table I saw yesterday?*
> Ubi est ea mensa, *quam* heri vīdi ?

(*d*) The Relative always comes first in its own Clause (except after Prepositions), and generally next to the word it qualifies.

Relative words are—

> Qui, qualis, quantus,
> Quo, qua, unde, ubi.

ACTIVE AND PASSIVE.

§ 22. The Verb has two VOICES—

  (1) *Active,* when you do something;
  (2) *Passive,* when something is done to you.

In turning a Sentence from an *Active* into a *Passive* form

> Accusative becomes Nominative.
> Nominative becomes Ablative.

All other Cases remain unchanged.

Ex. 12.

1. { *Anseres* Manlium e somno *excitaverunt.*
   { Manlius e somno *anseribus excitatus est.*

2. { *Puer necabit* lupum.
   { Lupus *necabitur a puero.*

3. { *Cives* militibus cibum *dabant.*
   { Cibus militibus *a civibus dabatur.*

4. { *Caesar* civitati ducentos *imperat obsides.*
   { Ducenti obsides civitati *imperantur a Caesare.*

(1) If the doer of the act is a *Person* the Preposition *a* or *ab* is used with the Ablative. It is then called the ABLATIVE OF THE AGENT.

(2) Transitive Verbs become Intransitive in the Passive.

Ex. 13.

1. Centaurus sagittā ab Hercule vulneratus est.
2. Hercules sagittas veneno tinxit.
3. Via montibus altissimis continebatur.
4. Praemium victori debetur.
5. Quisque sibi argentum vindicat.
6. Scopulis afflictabitur navis.
7. Nunquam mihi hoc persuadebitur.
8. Iis nihil cibi supererat.

PIECES FOR TRANSLATION.

The following ten pieces require a knowledge of—

(*a*) Relative Pronoun.

(*b*) Passive of Conjugations I. and II.

51. *A Ride on the Centaur's Back.*

Centauri, qui in montibus Thessaliae habitabant, caput manus-que humanas, equinum tamen corpus habebant. Hercules olim, per has regiones cum uxore Deianira, quam nuper duxerat, iter faciebat. Mox ad ripas alti rapidi-que fluminis viatores perveniunt, frustra-que vadum petunt. Subito occurrit centaurus quidam, nomine Nessus. "Multae," inquit, "antea trans hoc flumen a me transportatae sunt. Te quoque, o pulcherrima Deianira, si cupis, lato meo tergo libenter transportabo;" simul puellam haud invitam suscipit; deinde perfidus magna celeritate in montes fugit.

52. *A Ride on the Centaur's Back (continued).*

Hercules autem, quem fraus centauri non fallebat, arcum rapuit, et unā ex iis sagittis, quas ipse sanguine Hydrae tinxerat, fugitivum vulneravit. At moribundus puellae consilium hoc iniquissimum dat Nessus; "Accipe," inquit, "hanc tunicam, quam meus sanguis tinxit; haec tibi aliquando amorem conjugis restituet." His verbis centaurus occīdit.

Paucos post annos Hercules, Oechaliae victor, Iolen captivam Deianirā pulchriorem adamavit. Haec igitur verborum centauri haud immemor, tunicam fatalem ad conjugem misit. Hanc Hercules incautus induit, et ipse necatur dirā vi illius veneni, quo olim suas sagittas tinxerat.

53. *A Wonderful Dream.*

Tres olim viatores a Gallia ad Italiam iter faciebant. Via erat et longa et difficillima, quod undique montibus altissimis continebatur. Saepe magnam cibi inopiam viatores tolerabant; tandem nihil illis super-erat nisi unus panis, haud ita grandis, quem omnes diligentissime servabant. Hunc sibi quisque vindīcat. Denique fessi somno se dant, panem-que proponunt somnii insignissimi praemium. Mane suum quisque comitibus somnium narrat. Primus ex viatoribus sic incipit: "Mihi in somnio apparebat rapum ingentissimum; vix id trecenti viri ex agro trahebant. Num vos aliquid hoc mirabilius videbatis? Mihi certe praemium debetur."

54. *A Wonderful Dream (continued).*

Tum secundus, "Somnium quidem mirum narravisti; mihi tamen aliquid mirabilius visum est. Nam vidi in somnio vas ingentissimum, quod vix quingenti homines totius anni spatio paraverant. Facillime eo vase istud rapum continebatur. Nonne hoc somnium mirabilius illo judicatis?" At tertius, qui haec tacite audiverat, "Certe," inquit, "uterque vestrum rem mirabilem narravit, panem-que bene meruit. Mihi tamen aliquid mirum visum est. Nam in somno (ut videbatur) esuriebam; panem igitur devoravi."

55. *The Lighthouse.*

In ea parte Britanniae, quae ad septentriones spectat, litus undique rupibus asperrimis continetur. Incolae igitur, quod ibi multae naves naufragium fecerunt, turrim altissimam, quae pharus appellatur, quādam in rupe aedificaverunt. Hanc turrim habitabant senex et filia ejus parva, qui noctu semper incendebant lucernam, cujus lumen saepe nautas de periculo praemonebat. At non-nunquam vis tempestatis labores nautarum exsuperat, et navis infelix aut sub undis se mergit, aut scopulis cru-delibus afflictatur.

56. *The Lighthouse (continued).*

Fuerunt olim multos dies continuae tempestates; tandem dies tranquillus succēdit. Jam-que procul e turri custodes magnam aspiciunt navem, quae in scopulis haeret; mox etiam paucos vident nautas, qui manibus signa dant, auxilium-que petunt. Tum virgo animosa cum patre parvam scapham deducit, et remis velis-que navem ambo petunt. Undique ingentes fluctus surgebant, vix enim cessaverat procella; nullo tamen periculo illi terrentur, sed e morte nautas eripiunt, omnes-que tutos ad turrim reportant.

57. *Irish Stew.*

In Hibernia erat olim magna fames, quae incolas earum regionum in diram inopiam redigebat; multi etiam spe praedae ad latrones, qui silvas infestabant, se jungebant. Forte tres latrones vesperi casam pauperis agricolae intraverunt, minis-que saevis cibum postulabant. Is igitur, cui nihil cibi omnino supererat, diu haerebat; tandem callidum hoc consilium concipit. Ex arcā quādam detrahit pallium antiquissimum, quod et pater et avus diebus festis gerebant. Hoc ubi in frusta cultro diviserat, aquam-que addiderat, more juris coxit, dapes-que viris jejunis apponit. Hi avide cibum devorant, agricolam-que laudant. At subito aliquid in faucibus unius ex latronibus haeret; ingenti tussi aeratam fibulam respuit. "Quid est hoc?" inquit. "Nempe," respondit agricola, "id, quod solum superest de pallio egregio."

58. *The Snowstorm.*

Pastori cuidam duo erant filii, Brutus et Nero. Hic, puer acutus, a parentibus praecipue amabatur; illum tamen, annis seniorem, omnes stultum existimabant. Hi olim cum cane suo aliquas petebant oves, quae per montes devios erraverant. Forte dum procul a casā paternā absunt, eos opprimit nox; simul nix crebra omnia operiebat, et spem reditūs eripuit. Tandem fessi labore sub saxo ingenti sese projiciunt, mortem-que exspectant. Tum Brutus e collo fratris taeniam, donum matris detrahit, eāque cervīcem canis circumdat; "Age," inquit, "patrem pete."

59. *The Snowstorm (continued).*

Interea, quod pueri nondum revenerant, ingens sollicitudo pastoris animum agitabat. Subito latratum audit canis; portam aperit; videt canem, qui taeniam sui filii gerebat. Hanc ubi vir agnoscit sine morā facem accendit, et cum cane fideli, duce viae, tandem ad ipsum pervenit scopulum, sub quo pueri jacebant. Hic vero triste spectaculum visum est; Nero enim, quem frater suo pallio texerat, placide dormiebat, at Brutus, qui suum corpus hoc modo nudaverat, saevo gelu rigebat; nam puer fortis, quem propter segnitiam omnes deridebant, vitam suam fratri condonaverat.

60. *A Noble Action.*

Philippus, eques Britannicus, alios equites fortitudine animi corporis-que viribus aequabat; omnes tamen comitate et mansuetudine superabat. Forte Britanni cum Hispānis bellum gerebant, atque equites utriusque exercitūs fere quotidianis pugnis vires exercebant. Aliquando dum urbem quandam Britanni oppugnant, Philippus cum paucis comitibus magnā manu hostium circumdatus est. Diu et acriter nostri Hispanorum impetum sustinebant. Tandem Philippus jaculo graviter vulneratus est. Post pugnam dum comites maesti Philippum moribundum ad castra reportant, aliquis ei galeam aquae plenam dedit. Ille autem, etsi sitis fauces urebat, militi, qui non procul jacebat avidis-que oculis aquam lustrabat, poculum dedit; "Nonne hujus vulnera," inquit, "graviora sunt meis ?"

"CUI" VERBS.

§ 23. A few Verbs, which we should expect to govern an Accusative, for some reason or other prefer the Dative. The most common are—

> Parco, pareo, placeo,
> Faveo, noceo, servio,
> Invideo, nubo, ignosco,
> Maledico, indulgeo.

A Dative is naturally used to complete the sense after such Adjectives as—

> Amicus, utilis, similis,
> Propinquus, finitimus, par, etc.

PLACE.

§ 24. (1) PLACE WHERE is expressed by Ablative with Preposition *in*.

Exception. Names of towns use an old Case called the Locative.

The Locative in the Singular of Declensions I. and II. is the same form as the Genitive, elsewhere as the Ablative.

These Locatives are also found,
Domi, ruri, humi.

(2) PLACE WHITHER is expressed by the Accusative with *ad* or *in*.

Exception. Names of Towns (also *domus* and *rus*) omit the Preposition.

"To," when it means TOWARDS, is never the sign of the Dative, but always of the Accusative.

(3) PLACE WHENCE is expressed by the Ablative with *ab* or *ex*.

Exception. Names of Towns (also *domus* and *rus*) omit the Preposition.

The name of a *small island* is treated as if it were a town.

Ex. 14. 1. Naves *Tarenti* aedificatae sunt.
2. Pericles *Athenis* habitabat.
3. Exercitus *in Hispaniam* missus est.
4. Postero die *Corinthum* pervēnit.
5. *Ex Hispaniā* statim discessit.
6. Galli *Romā* haud procul aberant.
7. *Domum ex urbe* revēnit.
8. *Cypri* multi erant servi.

PIECES FOR TRANSLATION.

The following ten pieces require a knowledge of—

(*a*) Comparison of Adjectives (Irregular).

(*b*) Indicative } Passive of the Third and Fourth
Imperative } Conjugations.

61. *The Ugly Duckling.*

Ingenti aliquando gaudio complebantur incolae cujusdam fundi, gallīna enim ex ovis pullos nuper excluserat. Unum tamen ex ovis, quod grandius erat ceteris, adhuc integrum manebat. Tum pavo, qui maximus natu erat omnium, his verbis gallinam admonet. "Jam satis laboravisti; tandem inutile istud ovum desere." At gallina pertinax consilium pavonis non audit, multos-que inde dies in loco manet. Denique post tantum laborem parit pullum, qui ceteros magnitudine quidem corporis superabat, sed specie et formā longe inferior videbatur; nam erant ei turpes pedes, deforme corpus, collum procērum.

62. *The Ugly Duckling (continued).*

Diu in hoc fundo anatǐcula turpis vitam infelicem agebat; nemo enim ei favebat. Gallinae quidem cum pavonibus miseram volucrem spernebant, quod aquam ita amavit. Anates autem et anseres duris rostris advěnam suā aquā depellebant. Tandem maesta et infelix a fundo in locum desertum effūgit, quā sola totam hiemem habitabat. At vere novo ad lacum advēnit, in quo multi cygni natabant. His duo pueri frusta panis jactabant.

Tum illa, quod jam mortem optabat, ad cygnos ipsa natavit, flexit-que caput ad ictum rostrorum. At attonita suam imaginem, quam aqua reddebat, vidit ; audivit-que vocem puerorum, qui cygnum ceteris pulchriorem laeti accipiebant. Anaticula enim turpis gracilis cygnus evaserat.

63. *The Touch of Gold.*

Midas, rex Phrygiae, quod olim Baccho placuerat, egregio munere a deo donatus est. "Delĭge, rex magne," inquit deus, "id quod maxime cupis ; hoc tibi libenter dabo." Tum vir avarus mirum donum impetravit, omnia enim, quae suo corpore tangebat, in aurum mutata sunt. Protinus rex laetus regiam domum percurrebat, manu-que vasa, mensas, lectos, omnia tangebat. Inde ubi nihil ligni aut argenti in aedibus manebat, gratias pro tanto beneficio Baccho persolvit. Tandem labore fessus coenam poscit, avidis-que oculis dapes splendidas lustrat. Mox tamen ubi piscem ad os admovet, cibus in aurum statim mutatus est ; rex igitur, cujus in faucibus rigida haerebat massa, vinum poscit ; ĭdem evenit. Tandem rex esuriens, quod nihil nec edebat, nec bibebat compluribus diebus, maximis precibus Bacchum orat. Inde cum risu deus fatale donum amovet.

64. *The Gossiping Trees.*

Apollo olim, curvae lyrae inventor, cum Satyro quodam de arte suā decertabat. Tandem tanti certaminis arbitrium ambo ad Midam regem (de quo supra demonstravimus) commiserunt. Rex autem, qui numeros omnino ignorabat, postquam carmina utrius-que audiverat, Satyro palmam dedit. Deus igitur, tali stultitiā iratus, capiti regis asini aures affixit. Tum rex callidum consilium concepit ; regium enim tonsorem ascivit, cujus operā suum dedecus ab oculis omnium abditum est. At tonsor, vir loquax, qui, dum manet in urbe, rem vix celabat, rus discessit, regis-que fortunam arboribus narravit. Hae autem comarum susurru, quod vento rami agitati sunt, his verbis rem vulgabant, "Sunt Midae aures asini."

65. *A Scape-Goat.*

Vulpes sitiens, quae desiluerat in puteum, haud ita altum, sed lateribus praeruptis, post-quam omnem rationem fugae frustra tentaverat, ab omni spe reditūs interclusa est. Mox tamen caper, qui aquam petebat, quod fervidi solis radii agros urebant, ad eundem puteum advenit. "Salve," inquit, "dulcissima, nonne aqua ista frigida est et jucunda?" "At nunquam jucundiorem bibi," respondit vulpes, "desili igitur quam celerrime, ego enim jam-diu parco aquae, quod te expecto." Hoc ubi audivit stultum animal, in puteum desiluit. At vulpes callida in cornua amici prosiluit, quorum operā sese ad terram sublevavit. Inde, miseri amici immemor domum discessit.

66. *Ingratitude.*

Apud antīquos scriptores multa legimus de quodam equite, qui Philippum (de quo supra demonstravimus) mansuetudine exsuperabat. Huic enim, dum saucius humi jacet, aquam multo labore apportaverat amicus. Is autem insigni abstinentiā aquam uni ex hostibus, qui juxta jacēbat, integram praebuit. At perfidus hostis, dum donum accipit, cultro manum, quae poculum porrigebat, vulneravit. Tum eques ingrato viri animo iratus, post-quam eum modice culpaverat, partem aquae ipse bibit, partem tamen hosti iterum dedit.

67. *The Wolves.*

Omnium animalium, quae Scythiam incŏlunt, teterrimi sunt lupi ; hi enim saepe ab omni parte conveniunt, por-que silvas magno agmine praedam exquirunt. Femina quaedam cum tribus liberis per has silvas in curru vehebatur. Subito luporum ululatus auditur, et mox dirum agmen apparet. Frustra illa habēnas dat equo, equos enim facile cursu assiduo exsuperant lupi. Vix breve spatium inter-ponitur, misera-que femina linguas sanguineas, fauces nigras, dentes crudeles aspicit. Jam fervidum spiritum saevorum animalium fere sentit. Tum metu vesano mater ex curru minimum natu liberorum dejicit, et dono horribili impctum luporum parumper cohibet.

68. *The Wolves (continued).*

Primo atrox consilium successit, lupi enim, dum saevo clamore praedam rapiunt, agmen sistunt ; mox tamen ubi carnem ex ossibus miseri infantis dilaniaverant (nec longus ille fuit labor) iterum fugientibus instabant. Iterum femina infelix ĭdem facit, alterum-que infantem lupis concedit. Jamque per arbŏres, spectaculum gratissimum, visa sunt tecta aedium in quibus amici habitabant, fessus-que equus ingeminat cursum. Nec tamen domum advenit, antequam mater tertium infantem eodem modo morti objecit.

Inde ubi convocaverat propinquos fatum liberorum suam-que fugam narravit. Tum maximus natu, dum ceteri horrore obstupefacti sunt ; "Tu tuis infantibus," voce inquit terribili, "non parcebas ; nec ego tibi nunc parcam." Haec ubi dixerat, securi, quam manu tenebat, caput impiae matris percussit.

69. *A Cat's Paw.*

Apicio mercatori, qui Capuae vivebat, ex Aegypto felem, simiam ex Libya suae naves transportaverant. Hae quidem bestiae sub tecto mercatoris concordissime vivebant, longe tamen aliud fuit utrius-que ingenium. Illa, naturā tardior, magnam diei partem dormiebat; haec, alacrior, comitem stolidam saepe per joca vexabat. Forte Apicius castaneas aliquando igne torrebat. Has ubi videt simia, ad ignem accedit, avidis-que oculis nuces observat. Diu haeret incerta; dulces quamquam fruges animum alliciunt, fervidus ignis a furto deterret. Subito manu felem, quae ante ignem more suo dormiebat, rapit, et pede ejus castaneas singillatim ex igne detrahit. Deinde dum illa magno gemitu casum deplorat, ipsa nuces secura devorat.

70. *The Effect of a Fall.*

Indi, qui oras maris australis incolebant, etsi multa erant et nova animalia in suis finibus, equorum genus nondum cognoverunt. Hi igitur quum primum bellum gesserunt cum Hispānis, qui ex equis plerumque pugnabant, novo spectaculo quam maxime territi sŭnt. Equum enim cum suo equite unum animal putabant. Primo impetu hanc ob causam ab equitibus perturbati sunt, brevi tamen, quod copiae suae multo plures erant, proelium renovabant. Denique quidam ex Hispānis, cujus equus a funditore vulneratus est, super caput animalis effusus est. Is igitur pedes pugnabat. At Indi, ubi ex uno animali duos hostes viderunt, perterriti terga verterunt.

VERB INFINITE.

§ 25. Every Verb has two parts—

(1) FINITE, limited by Person

Amo, *I* love.

Amas, *you* love.

Amat, *he* loves.

(2) INFINITE, not limited by Person.

Amare, *to* love.

The *Finite* part of the Verb contains the Indicative, Conjunctive, and Imperative Moods.

The *Infinite* part of the Verb contains Infinitive, Gerunds, Supines, and Participles.

These are partly Verb, partly Substantive or Adjective.

As Verb   (1) they can govern Cases.

                (2) they have Tenses.

As Substantive   (1) they follow the ordinary rules of Number, Gender, and Case.

or

                (2) they cannot form complete sentences.

Adjective

INFINITIVE.

§ 26. The INFINITIVE is used—

(1) Like the Nominative of an ordinary Noun, as Subject to a Verb; *e.g.*—

Ex. 15.

1. { *Hoc pomum* est jucundum.
    { *Édĕre* est jucundum.

2. { *Fames* nocet pueris.
    { Nimium *ĕdĕre* nocet pueris.

3.   Vidēre est credĕre.

4.   Dăre quam accipĕre melius est.

5.   Cato dicitur discessisse ex urbe.

(2) As Accusative to such Verbs as *possum, volo, audeo, soleo, conor, incipio, statuo*, etc., which are not often found with the Accusative of ordinary Nouns.

> 1. Ex equis *pugnare* solent.
> 2. Potes-në huic *persuadëre?*

SPACE.

§ 27. In measuring DISTANCE, HEIGHT, BREADTH, etc., the Accusative is used.

> 1. Britanniă a Gallia *multa millia* passuum abest.
> *Britain is many miles distant from Gaul.*
> 2. Haec arbor est *viginti-duos* pedes altă.
> *This tree is twenty-two feet high.*

But when two Things are compared, the DIFFERENCE between them is put into the Ablative.

> 1. *Multo* plures quam hostes sumus.
> *We are much more numerous than the enemy.*
> 2. Altus erat *sex pedes, pede* altior quam soror.
> *He was six feet high, a foot taller than his sister.*

PIECES FOR TRANSLATION.

The following ten pieces require a knowledge of—

(*a*) Indicative } Passive of Verbs in *-io*, Third
Imperative } Conjugation.

(*b*) Infinitive Active of the Four Conjugations.

(*c*) Also *Possum.*
> *Volo.*
> *Nolo.*
> *Malo.*

71. *The Basket of Eggs.*

Rex quidam, qui multa mala ab uxore tolerabat, quod mentem filii a matrimonio avertëre voluit, juvenem ita admonuit. " Mihi quidem in animo est, omnium meorum civium fortunas cognoscere. Tu hunc laborem pro patre suscipe. En tibi hunc calathum ovorum plenum, hos-que duo equos committo. Tu, dum urbem perlustras, ei ovum da, quaecunque suum conjugem regit ; eam autem, quae a conjuge regitur, equo dona." Filius etsi rem intelligere non potest, parentis tamen mandata perficit. Ubi ad primam domum advenit, vocem asperam audivit feminae, quae ob nescio quam causam conjugi maledicebat. Huic ovum dedit. Deinde alteram domum petit, quā conjux extra portam stabat, quod uxor eum foras extruserat, dum ipsa domum verrit.

72. *The Basket of Eggs* (*continued*).

Inde juvenis ad multa aedificia iter faciebat, nullam tamen feminam mandatis viri obedientem invenire poterat. Vesperi ubi unum modo ovum in calatho manebat ad casam quandam advenit, cujus incolae cenabant. Hi benigne juvenem accipiunt, vocant-que ad cenam. Is igitur, dum libenter cenat, mores utriusque diligenter observat, laetus-que mulierem pudīcam cognoscit, quae semper (ut videtur) conjugi paret. Tum juvenis, " Tantae virtutis praemium vobis reddere in animo est. Sunt mihi duo equi, haec alba, ille autem niger. Ex his vobis alterum dabo ; utrum mavultis ?" · " Nigrum," vero respondit vir. "At o stultissime tace," exclamat femina, " equidem albam equam malo, nec tibi in hac re parere volo." At Princeps cum risu ovum suis hospitibus dat, et ipse cum equis domum ad patrem se recipit.

73. *A Breach of Discipline.*

Fredericus, Germanorum rex, quod ab hostibus preme-batur, saevissimā disciplinā milites cohibebat. Rex saepe noctu solus per castra ambulabat, et ipse custodes in stationibus disponebat. Aliquando, dum more suo castra perlustrat, videt lucernam, quae in tabernaculo finĭtĭmo ardebat. Rex igitur qui maximā irā movebatur, quod ignem militibus interdixerat, silenter tabernaculum intravit. Hĭc miles epistolam scribebat ad uxorem. Dum multis verbis dura pericula belli, suam salūtem, amorem-que constantem narrat, subito regem iratum aspicit. Tum rex, " Iterum epistolam repete, haec tamen adde; vale o carissima, cras enim ego, quia imperatori male parui, capitis damnabor."

74. *A Bull's-eye.*

Loxias, quod vitam in silvis semper degebat, omnes alios sagittarios superabat. Saepe lupos aquilas-que volucribus sagittis transfigebat, nec unquam frustra ab eo telum missum est. Forte incolae urbis propinquae ludos solennes celebrabant. Primo quadrīgas agitabant juvenes, deinde pugnis certabant, postremo certamen sagittariorum institutum est. Diu Loxias, qui cum ceteris decertare noluit, se a certamine abstinuit, nec arcum ab humeris amovit. Denique quidam ex regiis sagittariis, cui nomen erat Hubertus, sive casu, seu quod ventus ei favebat, mediam metam sagittā transfixit. Tum demum Loxias arcum tendit, et suo telo sagittam Hubertī in duas partes findit. Ingens ad caelum tollitur clamor, omnes-que Loxian victorem salutant.

75. *The Weather-wise Donkey.*

Ludovicus, rex Gallorum, fidem maximam habebat ei
generi hominum, qui astrologi vocantur, quod motu
stellarum imbres ventos-que praedicere solent. Rex, qui
multum in venationibus erat, aliquando dum magnum
cervum canibus per silvas agitat, celeri equo longe ante
omnes socios praetervectus est. Interea caelum nubibus
obscuratur, gravis-que imber cum multā grandine in terram
decĭdit. Rex igitur, quod parvam casam inter arbores
videt, tempestatis perfugium petit. Tum ubi is graviter
incusabat indoctos illos astrologos, "Nulla tamen tempestas," respondit agricola, cujus casa erat, "me incautum
excipit; semper enim meus asinus, qui fruges horti ad
forum portare solet, voce raucā imbrem mihi praedīcit."
"Nimirum," cum risu respondit rex, "si tuus asinus tam
bonus astrologus est, meos astrologos posthac in numero
asinorum habebo."

76. *A Practical Joke.*

Rex quidam Britannorum quattuor habebat filios, qui,
quod inter se saepe dissidebant, patris animum graviter
vexabant. Ex his maximus natu, cui nomen erat
Robertus, juvenis ferox et iracundus saepe per ludibrium
a fratribus exercebatur. Hi olim, qui in superiore parte
aedium forte fuerunt, Robertum, dum in horto ambulat,
improbo animo observabant. Mox juvenis improvidus
sub ipsam fenestram, quā fratres despiciebant, gressum
direxit. Tum pueri maligni, ut primum occasio data est,
in caput fratris incauti amphoram aquae plenam effuderunt.
At Robertus irā caecā gladium stringit, in-que fratres
impetum facit. Hi autem perterriti in penetralia regis

perfūgerunt. Rex igitur, qui junioribus semper favebat, Robertum in exsilium relegavit.

77. *How to please Everybody!*

Senex quidam, qui asinum vendere voluit, cum filio eum ad urbem ducebat. Mox occurrunt choro virginum, quae dona ad templum Minervae portabant. "Hercle," inquit, ex his maxima natu, "num-quid potest esse stultius illis, qui pedibus iter faciunt, nec asino vehuntur?" Hoc ubi audivit senex, filium asinum conscendere jussit, et ipse alacri gressu iter pergebat. Non procul ab eo loco aliqui senes sermonem inter se serebant. Tum unus, "Eheu," inquit, "quantum tempora mutantur! Ubi nunc est ille senectutis proprius honor; desili ex asino puer impudens, et patri cede." Inde juvenis, quem pudor facti jam movet, celeriter id, quod sibi imperatum est, facit, senex-que invicem asinum conscendit.

78. *How to please Everybody! (continued).*

Forte via secundum flumen ducebat, in quo duae feminae vestes lavabant. Hae, ubi viatores vident, unā voce crudelitatem patris, filii-que durum laborem plorant. Senex igitur, qui omnibus placere vult, puerum post se sedēre jubet. Nec tamen ea res prospere evenit, quod alius viator iis occurrit. "O impudentiam nefandam!" inquit, "facilius potestis asinum ipsi vehere, quam vos miserum animal." Tum senex, qui ne id quidem ineptum putabat, postquam crura asini funibus ad magnum contum vinxerat, novum onus cum maximo labore in suos filii-que humeros sublevavit. At asinus, cui haec minime placebant, dum ponte flumen transmittunt, subito nisu vincula rumpit, et in aquam praecipitatur

79. *The Hedgehog.*

Apud Indos multi sunt serpentes, qui inter se magnitudine et specie longe dissimiles sunt; alii enim totas boves devorare solent; alii, qui unum modo pedem longi sunt, vulnus tamen mortiferum dare possunt. Judex quidam, qui in illis regionibus habitabat, dum mane soleas induit, altero pede levi puncto vulneratur. Extemplo is, homo promptissimus, pede pulsavit humum, et suo pondere anguem parvum, qui in soleā latuerat, oppressit. Paucis post diebus servus ejusdem judicis, dum calceos induit, punctum haud ita magnum ipse sentit. Statim judicis facti memor, quam maximā vi in terram pedem incussit. Inde acuto dolore furiosus calceos exuit, invenit-que haud serpentem quidem sed echīnum.

80. *Bide your Time.*

Fido parvus canis, qui dominum quam maxime amabat, quod nullo modo amorem praestare poterat, saepe suum casum dolebat. Tandem Rolloni, magno cani, rem ita indicavit, " O fortunate canis! quot modis nostro domino prodes; tu domum custodis; fures a limine, lupos ab ovili arces; ego autem nihil facere possum." " At," respondit Rollo sapiens, " in officio mane; sine dubio occasionem tibi dabit fortuna." Paucis post diebus, dum dominus noctu dormit, Fido, qui haud procul humi jacebat, aspexit latronem, qui clam domum intraverat. Protinus latratu dominum e somno excitavit, et suā vigilantiā eum e periculo eripuit.

DOUBLE ACCUSATIVE.

§ 28. The Verbs (*rogo*, *doceo*, etc.) which make sense with either an Accusative of the *Person* or of the *Thing*, sometimes use both at once. This is called DOUBLE ACCUSATIVE.

Ex. 16. 1. Jamdudum *te* doceo.
2. Zeno *philosophiam* docuit.
3. *Te philosophiam* docebo.

(1) With some Verbs the Accusative of the *Thing* is generally expressed by the *Present Infinitive*.

4. Docebo te *tacēre*.
5. Quis te vetuit *canĕre*.
6. Omnes *discedĕre* jussit.
7. Cimbros prohibuerunt suos fines *vastare*.

(2) If converted into the Passive—

Accusative of *Person* becomes Nominative.
Accusative of *Thing* remains.

8. { Magister docet *puerum litteras*.
{ *Puer* docetur *litteras* a magistro.

9. { Patres *consulem* exercitum *scribĕre* jusserunt.
{ *Consul* a patribus exercitum *scribĕre* jussus est.

QUALITY.

§ 29. A QUALITY is something peculiar in a man which distinguishes him from others.

A man *with a beard.*

In English *Quality* is expressed—

By an *Adjective.*

A *talented* man.

By a *Genitive.*

A man *of* talents.

By an *Ablative.*

A man *without* talent.

In Latin, if the Genitive or Ablative is used, an *epithet* must always be put in.

1. Vir *ingeniosus.*
2. Vir *summi* ingenii.
3. Vir *nullo* ingenio.

PIECES FOR TRANSLATION.

The following ten pieces require a knowledge of—

(*a*) Infinitive Passive of the Four Conjugations.

(*b*) Also *Fero.*

Fio.

Eo.

81. *The Inexhaustible Purse.*

Die Dianae sacro duo advenae sordidā veste, et specie humili, cibum petebant ab Ephesiis, qui templum deae

celebrabant. Ubi ex tot divitibus nemo preces audire
voluit, piscatorem pauperem, qui adstabat, auxilium
rogaverunt. "At," respondit ille, "est mihi nec cibus
nec argentum domi, quod continuae tempestates pisces a
nostris oris jamdudum depellunt. Si tamen mecum venire
vultis, hanc noctem sub meo tecto requiescere poteritis."
Inde advenas, qui laeti beneficium accipiunt, domum ad
uxorem ducit. Illa autem maesta, quod digno hospitio
advenas non potest accipere, loculos vacuos, inopiae signum, ostendit. Subito ad terram decĭdunt asses duo.
Piscator, miraculo attonitus, vinum cibum-que emit; nec
posthac duram paupertatem ferebat, nunquam enim loculis
de-erant divini asses.

82. *The Golden Loaf.*

Lydon, agricola pauper sed probus, aliquando cum filio
edebat parvum panem, quem totius diei mercēde vix
emerat. Dum puer dentibus suam partem panis frangit,
complures nummi aurei, qui in cibo occulti erant, in
gremium ejus decĭderunt. Hoc ubi videt puer, "Accipe,"
inquit laetā voce, "pater, hos nummos, quos deus aliquis tibi, paupertatis remēdium, tribuit." "Minime
carissime," respondit pater, "pecuniam potius reddēmus
pistori, qui, dum panem coquit, pecuniam cum farinā
nescio-quo casu miscuit." Sine mora ambo ad pistorem
properant rem-que narrant. Tum ille, "Macte virtute
Lydon; fortunam, quam bene meruisti, carpe; hunc
enim panem, jussu regis, ei, quem inveni probissimum,
libenter do."

83. *Hospitality.*

Multa audivimus de luxu divitiis-que eorum sacerdotum, qui sacris Cereris prae-erant. Ex his unus, cui nomen erat Lycus, quanquam modicas modo divitias habebat, omnes alios benignitate et liberalitate superabat. Hic enim, qui quotidie cibum semel ĕdĕbat, semper ad frugalem cenam binos pauperes vocabat. Aliquando dum cum duobus pauperibus cenare incipit, tertius hospes, quem ipse non vocaverat, domum intravit. Tum Lycus, quod cena quattuor convivis non suppetebat, suum lectum advenae concessit (Romani enim, dum cenant, in lectis semper jacebant). "Tu," inquit, "hodie cena; equidem heri cenavi; cras quoque si dis ita placet, cenabo."

84. *Honesty is the best Policy.*

Padius, agricola probus, qui multo labore aliquid argenti collegerat, vaccam tandem emit, cujus lacte et sese et liberos alebat. Complures menses satis pabuli praebebat pratum haud ita magnum; at mediā aestate, quod totus ager ardore solis torrebatur, illa fame misere pressa est. Hoc ubi sensit Padius, quod acerrimo dolore perturbatus est, ad horreum divitis coloni, qui non procul habitabat, noctu accessit. Hic postquam humeros magno feni pondere oneravit, subito suae virtutis memor pabulum his verbis ad terram dejecit; "Magna est probitas, nec malo furto vaccam servare volo." Postridie colonus, quem nec factum nec verba Padii fefellerant, donum ad eum misit tantum feni, quantum plaustro vehi poterat, cum epistolā, in quā haec scripta erant; "Magna vero est probitas, equidem tamen tuam vaccam servare volo."

85. *The Bearskin.*

Venator quidam, cui nihil erat argenti, Capuam ad mercatorem ivit. "Vis-ne," inquit, "emere ursae pellem praestantissimam." "Maxime," respondit ille. Cui venator, "Hodie quidem eam tibi afferre non possum, quod nondum ursam interfeci, at paucis diebus cum pelle redibo." Mercator tamen, qui nunquam silvas viderat, non modo ei multum argenti dedit, sed etiam ipse cum venatore ad locum ire constituit. Ubi ad silvam venerunt, mox ipsam viderunt ursam, quae tardo gressu ad eos incedebat. Tum perterritus arborem ascendit mercator; at comes infelix, qui fugere non poterat, quod armis impeditus est, projecit se in terram, mortem-que simulavit. Ursae enim, etsi homines vivos maximā vi oppugnare solent, cadavera tangere nolunt. Itaque ursa postquam nasum corpori ejus admoverat rauco cum fremitu discessit.

86. *Self-Restraint.*

Voluerunt olim animalia novum creare regem, quod leo, qui regnum antea obtinuerat, a venatore quodam occisus erat. Itaque certo die simius, cujus joca ceteris magnopere placebant, suffragiis omnium rex creatus est. Vulpes tamen, cui simii nova dignitas minime grata fuit, regem submovere constituit. "Vĕni me-cum," inquit, "rex magne, invēni enim sub antiquā quercu multum argenti, quod jure regum tibi proprium est." Simius statim jussit eam ad locum se ducere, incidit-que in plagas, quas vulpes paraverat. Tum illa cum risu, "Quomodo tu potes," inquit, "alios regere, qui ne te ipsum quidem regere potes?"

87. *A Promising Pupil.*

Medicus quidam gloriosus, qui maximā paupertate pre-
mebatur, omnium animos in se convertere voluit.   Is
igitur dum per urbem album asinum ducit, magnā voce
clamitabat, "Hunc quem videtis asinum, cives, litteras
Latinas docere possum." Tum rex, cui id nuntiatum
est, postquam hominem ad se arcessivit, eum rem statim
perficere jussit.   Is vero operam libenter suscipit, sed
moram decem annorum postulat.   Postero die unus ex
amicis medicum ita admonuit ; " Fuge, o stultissime, ex
hac regione, tu enim capitis certe damnaberis, quod
rem, quae fieri non potest, suscepisti." At ille, "Bono
es animo, amice ; nam decem annis aut ego aut rex aut
asinus occĭderimus."

88. *The Saracen's Head.*

Ricardo, Britannorum regi, non modo cor sed etiam
venter erat leonis, si id verum est quod Sarracēni de eo
referunt.   Is enim post-quam totius diei spatium cum
hostibus pugnaverat, tandem fessus cibum postulavit.
Tum servi, quod nihil cibi jam reliquum erat, nec regis
mandata detrectare audebant, ex captivis pinguissimum
coxerunt, dapes-que novas, loco apri, fesso apposuerunt
domino.   Inde rex, qui cibo quam maxime delectabatur,
caput animalis afferri jussit.   Mox ubi servi perterriti
mandata perfecerunt, ille ingenti cum risu, " Certe," inquit,
"nunquam nobis commeatus de-erunt, si carnem hostium
ita edere possumus."

89. *Town* v. *Country.*

Urbanus mus, qui rus ad fratrem iverat, cibum rusticum
aegre tulit atque ĕdere noluit. " Si vis," inquit, "domum
me-cum redire sex-centas delicias habebis." Itaque illi,
postquam totius diei iter fecerunt, mediā nocte parietem
splendidi aedificii rimā angustā ineunt. Tum mus urbanus magnificas dapes affert, et rusticum in lecto pur-
pureo locat. At subito ingens auditur clamor ; panduntur
portae ; inruunt decem servi nigerrimi. Fugit per-territus
mus uterque, et vix in perfugium se recipit. Deinde
rusticus, "Solus," inquit, "vitam urbanam carpe; ego
certe salutem et glandes meas malo."

90. *Counting her Chickens.*

Phyllis ancilla quaedam mulctrarium novi lactis plenum
Nolam ferebat. Dum iter facit, suas opes ita numerabat.
"Certe," inquit, "ubi lac vendidero ova complura potero
emere. Nonne ex ovis gignuntur pulli ? ex pullis
argentum ? Tum suem emere in animo est, quae brevi
porculos multos mihi pariet. Inde erit mihi vacca ; nec
multo post vitulus fusco colore, oculis pulcherrimis.
Quantā laetitiā vitulum, dum saltat in pratis, aspiciam ?"
Haec ubi dixit prae gaudio saltavit ipsa, quo subito motu
lac omne unā cum divitiarum spe effusum est.

PARTICIPLES.

§ 30. Participles are partly ADJECTIVE, partly
VERB.   See page 48.

N.B.—Adjectives—

(1) Do not necessarily tell you anything fresh, but only
serve to distinguish the Substantive they qualify.

Lend me your *new* coat.

(2) Tell you something *fresh*, and are the most important word in the sentence.

I lent you my coat *new*, and you ruined it.

Participles belong properly to this latter class.
Thus they may often be translated by a *Relative
Clause*, or by an *Adverbial Clause*, introduced by the
Conjunctions *when, while, because,* etc.

1. Vidi meum filium *saltantem.*

   I saw my son { dancing.
                  { while he was dancing.

2. Vidi latronem gladio *armatum.*

   I have seen a robber { armed *with a sword.*
                          { who was armed, etc.

3. Hostes *victi* pacem petierunt.

   The enemy { conquered *sought for peace.*
               { when they had been conquered, etc.

4. Milites armis *impediti* fugĕre non potuērunt.

   The soldiers, { hampered *with their arms, could not flee.*
                   { because they were hampered, etc.

5. Flumen *transituros* equites oppresserunt.

   The cavalry surprised { about to cross *the river.*
   them   { as they were on the point, etc.

N.B.—Remember that the Past Participle is Passive, and
do not translate it by *having.*

PRICE AND VALUE.

§ 31. *Fixed* Value is expressed by the Ablative.
Unfixed Value is expressed by the Genitive.

Ex. 17.

1. *Parvi* hostes habet.
   He thinks the enemy of little importance.
2. Emit hortos *ducentis minis.*
   He bought the gardens for two hundred minae.
3. Vendidi alterum equum *talento* alterum *pluris.*
   I sold one horse for a talent, the other for more.

4. {
   Quanti aestimas agrum?
   At what price do you value the field?
   Quinque *talentis.*
   (At) five talents.
}

§ 32. The Relative is often used in Latin after a full stop. This does not make the sentence Adjectival, but simply serves to connect it with what has gone before.

RULE 9. After a full stop do not translate the Relative by *who* or *which*, but by the Demonstratives *he, this,* etc., with or without a Conjunction.

1. *Quod* ubi sensit.
   (*And*) *when he perceived* this.
2. *Cui* respondit senex.
   (*But*) *the old man answered* him.

PIECES FOR TRANSLATION.

91. *The Bloodhound.*

Robertus, Scotorum rex, vir et armis et virtute insignis, bellum cum Britannis non prospere primo gerebat. Erant enim in castris hostium complures Scoti, qui ob privatam invidiam Britannis auxilium praebebant. Ex his unus constituit regem capere per canem fidelissimum, quem ipse donum ab eo acceperat. Robertus forte, majoribus hostium copiis circumdatus, suos fugae causā in omnes partes discedere jusserat; ipse tamen cum uno comite se in silvas abdidit. At hostes, cane ducti, regis perfugium facile invenerunt. Hic autem latratu canis admonitus, per alveum fluminis duo millia passuum ambulavit; quo consilio saevos hostes elusit. Canis enim, qui vestīgia domini terrā cognoscere poterat, aquā omnino falsus est.

92. *The Bloodhound (continued).*

Postquam duas horas in silvā densissimā erraverant, tandem rex comes-que fidelis tribus viris armatis, specie feroci, obviam iverunt. Rex tamen, etsi hos in suspīcione habuit, fame confectus, hospitium datum non abnuit. Inde ductus ad casam, quae haud procul aberat, benigne acceptus est a latronibus, qui totam ovem coxerunt, mag-nam-que partem advěnis dederunt. Post coenam Robertus, longo labore defessus, somno sese dedit. Comes tamen, qui a rege vigilare jussus erat, gravi somno oppressus, officium omisit. Tum latrones, qui ipsi somnum simula verant, furtim petebant eam partem casae, quā hospites dormiebant.

93. *The Bloodhound* (*continued*).

Rex tamen, qui lĕviter dormiebat, somno excitatus, a lecto prosiluit et postquam comitem suscitavit, gladium destrinxit. Atrox inde certamen factum est, rex enim gladio unum e latronibus transfixit; at comes infelix, subito impetu perturbatus, a latronibus interfectus est. Tum rex irā et dolore incensus, quod gladium e corpore latronis interfecti detrahere non poterat, face ardenti, quam e foco corripuerat, alterius latronis caput elīsit. Quod ubi videt tertius, morte comitum perterritus, fugam tentavit. Nec tamen e periculo evasit, rex enim jam armatus gladio, quo occisum latronem spoliaverat, hostem fugientem mortali vulnere confecit.

94. *A Lover lost.*

Galli, qui audaciam maximi aestimabant, ferarum certaminibus multum delectabantur. Aliquando rex cum magnā catervā nobilium mulierum-que clararum ludos solennes aspiciebat. Quaedam ex his, quae sponsi fortitudinem tentare voluit, aureum torquem dejecit in mediam arenam, quā leo ingens cum duobus tigribus certamen acerrimum agebat. "Tu quidem," inquit, "si quid in te residet amoris erga me, torquem mihi e feris eripe." Statim juvenis his verbis accensus, in arenam se praecipitavit; saltu alacri torquem rapuit; tutus cum praemio rediit. Tum ille, dum omnes factum plaudunt, cum risu ad pedes virginis crudelis torquem projecit. "Tu quidem," inquit, "meam vitam minimi habuisti; ego tuum amorem."

95. *How to get rid of a Wife.*

Fulvius quidam, cui uxor erat difficilis, quod eam vi interficere non audebat, fraudem adhibere constituit. Mulierem igitur ad ripam fluminis, quod per ipsum hortum fluebat, duxit. Quo ubi advenit, "Mihi," inquit, "in animo est e vitā discedere. Tu igitur, ut uxor fidelis, extremis viri mandatis pare." Uxor incauta fidem dat. "Ergo," inquit Fulvius, "manus mihi post tergum hoc fune vinci, me-que in flumen dejice." Tum ea, etsi rem credere vix potuit, quod noluit fidem datam violare, manus ejus constrinxit, et maximo nisu eum in aquam propellere paravit. At Fulvius subito motu corporis periculum elusit, mulier-que improvida suo impetu in aquam praeceps dejicitur. Inde miseris precibus auxilium oranti respondit ille; "Volo equidem te juvare; quod tamen meas manus vinxisti, nullo modo possum."

96. *A Stern Example.*

Dux quidam, qui cum Gallis bellum gerebat, quod voluit cives ab omni injuriā defendere, poenis gravissimis suos rapinis prohibebat. Olim dum cum legatis cenat, in praetorium ducti sunt tres viri, furto in manifesto deprehensi. Tum dux, qui magnĭtudine poenae relĭquos deterrēre voluit, jussit fures illico de magnā quercu, quae non multum aberat, suspendi. Postero die dum in itinere agmen locum praeterit, ante oculos omnium tria cadavera, militari pallio vestita, ex arbore pendebant. Quo exemplo territi, milites in posterum ab omni genere rapinae abstinebant. Id tamen exemplum salubrius quam crudēlius fuit; dux enim misericordiā commotus, suspenderat haud fures quidem, sed cadavera trium militum, qui pridie morbo absumpti erant.

97. *The Guards outwitted.*

Henricus, rex Britannorum, qui cum civibus turbulentis bellum gerebat, filium suum equitatui praefecerat. Hic tamen, juvenis acer, quod equitibus hostium effusis audacius institerat, tandem captus est ab hostibus. Victores autem qui captivo volebant indulgere, eum sinebant quotidie cum paucis custodibus in equo vehi. Aliquando custodes jussu principis inter se cursu equorum contendebant. Tandem postquam equi omnium cursu et labore confecti sunt, princeps, qui a certamine de industria abstinebat, "En," inquit, "vobis novum certamen propono." Cum his verbis equum integrum incitavit, celeriterque e conspectu hostium fessorum ad amicos vectus est.

98. *A Foul.*

Romanus olim cum duobus Graecis cursu contendebat. Ubi signum datum est, omnes pariter e carceribus evolant. Mox tamen unus e Graecis, qui celeritate pedum praestantior fuit, ceteros superabat. Huic modico intervallo insistebat Romanus, quem acerrimo cursu urget Graecus alter. Jam-que ubi sub ipsum finem adveniebant, primus Graecorum, qui victoriam pro certo habuit, minus caute currebat. Ille autem lubrico gramine falsus praeceps decidit. Tum quod ipse praemium reportare non potuit, amici haud immemor, sese opposuit Romano practereunti, qui invicem ad terram provolutus est. Itaque Graecus alter voce omnium victor est appellatus.

99. *A Disguised Monarch.*

Jacobus, rex Scotorum, vir gloriae militaris avidus, saepe sine ullo comite errabat, veste suae fortunae dissimili indutus. Olim dum per quandam silvam iter facit, de improvīso a tribus latronibus oppressus, in maximum capitis periculum adductus est. At rusticus quidam, qui ad clangorem armorum occurrerat, securi armatus, regi vulneribus et labore paene confecto, auxilium attulit, fugavit-que latrones. Tum ubi rusticus pro tanto beneficio praemium accipere noluit; rex "Saltem," inquit, "redi me-cum ad urbem, quā te digno accipiam hospitio, quod ipse apud regem habito."

100. *Which is the King?*

Rusticus, qui regem videre valde cupiebat, laetus cum hospite ignoto ad regiam iter fecit. Post cenam, rex "Si vis" inquit, "me-cum in alteram partem aedium ire, et regem et nobiles complures tibi ostendam." "Maxime," respondit rusticus, "sed quomodo regem cognoscere potero." "Facile," respondit ille, "nam ceteri sunt capite nudato, rex autem solus capite operto manet." Inde splendidum ineunt atrium, ubi adstant viri complures, ostro insignes et auro. Frustra rusticus oculis regem per totum coetum exquirit. Tandem ad comitem versus; "Ex nobis," inquit, "alter rex necessario est, nam soli ex tanto coetu capite sumus operto."

DEPONENT VERBS.

§ 33. DEPONENT VERBS are Passive in form but Active in meaning.

> Mŏrior, *I die.*
> Quĕror, *I complain.*

(i.) The Present and Future Participles are Active in form as well as meaning.

> Querens, *complaining.*
> Questurus, *about to complain.*

(ii.) The Past Participle of Deponent Verbs is Active in meaning, and may therefore be translated by *having.*

> Questus, having *complained.*

FUNGOR, FRUOR, ETC.

The Verbs *fungor, fruor, utor, vescor, potior,* are used with the Ablative Case instead of the Accusative.

These are probably old Middle Verbs, and can be explained thus—

Fungor *labore, I perform my work* (lit. *I busy myself with work*).
Vescor *pomis, I eat apples* (lit. *I fill myself with apples*), etc.

The Ablative also follows
> the Adjectives *dignus* (worthy), *indignus* (unworthy);
> the Substantives ŏpus (need) and *usus* (use).

PIECES FOR TRANSLATION.

101. *The Trumpeter and the Hyenas.*

Inveniuntur in Africā ferae plurimae ac saevissimae, quae noctu vagatae boves armentaque rapiunt, aliquando etiam homines ădŏriuntur. Olim dum Britanni cum Afris bellum gerunt, tubĭcen quidam, vino et sopore oppressus, extra vallum incautus dormiebat. Celeriter ad locum convenerunt complures hyaenae, fame ad castra adductae, hominemque pro mortuo ad silvas, quae haud procul aberant, traxerunt. Ubi jam dapes incepturae sunt, tubĭcen, subito e somno experrectus, fecit id, quod optimum erat pro tanto periculo, nam labra tubae adhibens clangorem quam maximum ēdidit. Quo strepitu perterritae hyaenae diffugerunt, hominemque integrum quidem sed terrore semi-animem reliquerunt.

102. *The Lost Child.*

In Africā procul ab ullo oppido habitavit agricola quidam, cui erant undecim liberi. Ex his maximus natu oves in montibus custodiebat, ceteri tamen labori adhuc inutiles totum diem in agris ludebant. Aliquando minimus, puer quattuor annos natus, inveniri non poterat, nec post quartam diei horam a fratribus conspectus erat. Postquam eum ubīque quaesiverunt et per aedes et agros finitimos, tandem parentes auxilium ab vicinis amicisque petierunt. Una cum his silvas, ferarum latebras exploraverunt. Vicini quidem sub vesperum, vano labore fessi, domum discesserunt, at parentes miseri, ferarum obliti, totam per noctem in silvis manebant.

103. *The Lost Child* (*continued*).

Primā luce vicini regressi, postquam magnam diei partem puerum frustra quaesiverant, domum, ut antea, discesserunt. Forte illo die Afer venator, agricolae bene notus, qui a loco distanti iter faciebat, ad fundum pervenit. Neminem tamen intra domum invenit praeter anum caecam, quae prae senectute alios ad silvas sequi non potuerat. Quam rem miratus, causam ex ipsā petiit. Inde de periculo infantis certior factus, parentes advocari jussit. Tum pallium pueri suo cani ostendit. Hic autem vestem odoratus, eos ad densiorem silvam adduxit, ubi sub antiquā quercu puerum placide dormientem invenerunt.

104. *Dumb Show.*

Admetus vir pauper sed idem acri ingenio praeditus, quod nihil cibi duobus diebus gustaverat, fame deperibat. Tertio autem die, dum aedes splendidas praeterit, a portae custode aliquid cibi petiit. Hic autem hominis miseritus jussit eum domum ingredi, atque ab ipso domino cibum petere. Admetus, id, quod imperatum est, facit, dominumque in atrio sedentem invenit. Qui, ubi rem cognovit, "Agite," inquit, "servi, aquam quam celerrime afferte." Deinde paulisper mŏratus, etsi apparebant nec servi nec aqua, manus lavantis gestum imitatus est. Admetus, etsi re satis attonitus est, tamen quod noluit dominum offendere, ĭdem fecit. Deinde dominus servos primam cenam apponere jussit, et tanquam veras dapes et ipse ĕdit et hospiti praebet.

105. *Dumb Show* (*continued*).

Postquam eodem modo simulatas dapes ab ovo usque ad
māla devoraverunt, Admetus jam ab omni spe cibi
dejectus, " Siste," inquit, " laborem, satis enim ēdi, ultra
nec possum nec volo." Cui dominus, " At, si non ĕdere,
certe aliquid bibere potes." Simul, " Agite," inquit,
" servi, afferte mihi illud vinum, quod cado avus noster
Plancus condidit." Deinde, ut antea, postquam visus
erat vinum effundere in fictum poculum, id amico tradidit.
Hic autem persōnam etiam melius sustinuit; primum
enim ad lucem poculum sustulit, deinde vini odorem
naribus captavit, postremo absorbēre visus est. Quid
multa? Postquam saepius vinum biberat, ebrium simulans, crura et brachia jactare incipit; denique, tanquam
casu, caput hospitis jocosi ictu gravissimo pulsavit. Inde,
dum ille humi jacet saucius, hic foras sese eripuit.

106. *A Hard Bargain.*

Agricola quidam, vir dives atque idem avarus, dum per
agros errat, opes divitiasque secum consīderabat. Segetes
quidem aristis, pomis arbores oneratae sunt, stabula autem
bobus pinguibus jumentisque abundabant. Ex agris
domum regressus, postquam aedes intravit, arcam, ubi
nummi conditi sunt, avidis oculis contemplabatur. Subito
vocem audivit dicentis. " Num auro divitiisque bene
usus es?" " Unquam-ne pauperes egenos-que curavisti?"
Quā voce attonitus dum vitam praeteritam recenset,
occurrit pauper quidam, et aliquid argenti ab eo petiit.
" Id tibi libenter dabo," respondit ille, " si voles meum
sepulcrum dies noctesque tres custodire." Quibus verbis
pecuniam alteri tradidit, et statim e vita discessit.

107. *A Hard Bargain* (*continued*).

Inde pauper, justis funebribus perfunctus, quod fidem datam violare noluit, per duas noctes sepulcrum agricolae custodiebat. Tertiā tamen nocte Mors ipsa apparuit, funebri veste induta, et corpus sibi tradi jussit. Is autem, etsi capilli prae metu horruerunt, promissi non oblitus, Mortem ita allocutus est. "Equidem, Mors, hoc cadaver tibi concedam ; repeto tamen pro tali munere tantum auri, quantum ex meis cothurnis alterum compleverit." Mors non respuit conditionem. Inde dum haec pecuniam arcessit, ille cultro imum cothurnum perforat. Haud ita multo post, Mors regressa, nummorum saccum, quem reportavit, in cothurnum effudit. Mirata quod cothurnus nondum completus est, alterum saccum priore majorem arcessivit. Tandem postquam ne hic quidem cothurnum complere valuit, dum tertium saccum arcessit, sole oriente excepta, necessario fugere coacta est.

108. *Who killed the Cock?*

Anus quaedam, quae haud procul Tarento ab urbe habitavit, suas ancillas ad galli cantum e somno excitare solebat. Hae igitur quod a primā luce usque ad occasum solis laborem sustinere coactae sunt, gallum malorum causam occidere constituerunt. Postero igitur die sub vesperum, dum altera pedes galli utrāque manu retinet aversata, altera, quae paulo audacior fuit, caput avis infelicis securi percussit. Id tamen longe aliter evenit ac putabant. Postquam enim gallus interfectus erat, anus, quae ad id tempus cantum ejus patienter expectare solebat, ancillas, nunc mediā nocte, nunc primā luce, semper tamen maturius quam antea, e somno excitavit. Ancillae igitur, quae ita se fefellerant, pro tanto facinore dignas poenas persolverunt.

109. *An Impartial Judge.*

Duo olim viatores, dum haud procul Baiis iter per oram maritimam faciunt, conchylium ingens, quod in rupe quādam haerebat, conspexerunt. Quod ubi conspectum est, uterque eorum, tanquam divinitus oblatum, ĕdere ipse voluit. Deinde alter, qui primus ad locum advenerat, avide conchylium a rupe avellit, alter autem amicum graviter increpuit. "Ego enim," inquit, "etsi paulo tardior adveni, prior tamen id vidi." Dum ita inter se rixantur, occurrit quidam nomine utrique notus. Ad eum ambo rem rejecerunt. Hic autem totam causam patienter audivit; deinde, postquam fronte tranquillā conchylium patefecerat, devoravit ipse. Inde ad amicos versus, utrique alteram concham tradidit his verbis, "Nihil jucundius unquam edi; cum bonā pace abite."

110. *Inattention rebuked.*

Demosthenes ille orator clarissimus quod respublica in summum discrimen adducta est per consilia Philippi Macedonum regis, Athenienses de periculo, quod imminebat, saepe monebat. Postquam diutius more suo cives hortatus est, miratus quod surdis auribus verba faciebat, subito vocem mutavit. "Ceres olim," inquit, "una cum hirundine et angue itineris comitibus profecta, ad altum pervēnit flumen, quod tranavit anguis, hirundo autem pennis transvolavit." Hic ubi orator subito sermonem interrupit, "At Ceres ipsa quomodo trajecta est?" exceperunt cives. Tum ille vultu severo, "Num-quid vobis stultius esse potest, Athenienses, qui ita delectamini fabulis, quibus auctoritatem quidem nullam adjungere debemus, Philippum tamen, qui exitium civitati minatur, nihili habetis?"

GERUNDS AND SUPINES.

§ 34. GERUNDS and SUPINES are used to make up the Cases of the Verb-Noun Infinitive.

Amare, *loving;* amandi, *of loving;* amando, *to or by loving.*

Thus the *Gerunds* are used like the Genitive, Dative, and Ablative, of ordinary Nouns.

1. Amor *bibendi.*
   Love of drinking.
2. *Pārendo* artem *regnandi* discimus.
   By obeying we learn the art of ruling.

N.B.—Only Intransitive Verbs as a rule use Gerunds, which are declined in Case, but not in Gender or Number.

Transitive Verbs use an Adjectival form called the GERUNDIVE, which agrees with its Noun in Number, Gender, and Case.

1. Belgae vixerunt *piscibus ědendis.*
   The Belgae supported life by eating fish.
2. Profectus est cum duabus legionibus ad *urbem expugnandam.*
   He started with two legions to storm the city.

The *Supines* are two Noun forms of Declension IV.

(1) Supine in *um*—an Accusative of Place after Verbs of Motion.

Vēni te *visum.*
I have come to see *you.*

(2) Supine in *u*—an Ablative of Respect used chiefly with Adjectives.

Mirabile *dictu!*
Wonderful { to be said !
{ in the saying !

PIECES FOR TRANSLATION.

111. *Too good a Defence.*

Anus quaedam, quae Capuae habitabat, pallium sibi a nuru creditum forte sciderat. Cujus iram verita, pallium scissum inter aliquas vestes integras celavit, omnes-que eodem tempore suae nurui reddidit. Haec autem, ubi fraudem perspexit, quod id pallium maximi aestimabat, irā commota causam apud judices agebat. Tum anus a judicibus interrogata, purgandi sui causā, ita respondit. "Si aequi estis judices, nullam poenam a me repetetis multas ob causas ; primum enim nullum pallium mihi unquam creditum est ; quomodo igitur id scindere potui? Deinde nurus mea pallium ipsa sciderat, ante-quam id mihi credidit. Postremo id pallium, quod reddidi, integrum fuit. Nonne me igitur laude digniorem quam poenā habebitis?" Hac tamen oratione usa, judicibus non persuasit.

112. *Cheap Travelling.*

Timon, Romanus, honestis natus parentibus, qui patrimonii magnam partem ludendo devoraverat, procul ab urbe iter faciebat. Quo in itinere dum more suo aleam ludit, reliquā parte pecuniae spoliatus est. Tum is, cui nec argentum nec amicus in iis locis manebat, quod itineris impensas solvere non poterat, hoc consilio usus est. Pulveris aliquid, quod coegerat, in complures partes divisit, in quibus inscripserat "Venenum ad consules necandos paratum." Quas ubi viderunt agricolae, rem ad magistratus detulerunt, qui Timonem, ut proditorem, ad urbem publico sumptu quam celerrime traxerunt. Consules autem, qui venenum tam innocens non timebant, non modo eum e vinculis liberaverunt, sed fortunae miseriti aliquo argenti donaverunt.

113. *A Traitor to his King.*

Darius olim rex Persarum in silvas cum magnā nobilium catervā venatum iverat. Subito ante oculos omnium unus ex accipitribus regiis, qui columbam sequebatur, ipse **ab aquilā, rege avium,** oppugnatus est. Ille autem nec viribus nec majestate hostis perturbatus, et rostro et unguibus sese quam fortissime defendebat. Tandem aquila, quod nullo modo victoriam reportare poterat, in fugam sese dedit. Inde rex accipitrem ad se ferri jussit, capiti-que alitis auream coronam pro tantā virtute ipse imposuit. Deinde unum ex iis servis qui adstabant securi jussit percutere caput proditoris alitis. " Hic enim," inquit, "contra suum regem fortiter sed impie confligere ausus est."

114. *A Lesson in Good Manners.*

Lucius Celer, vir jocosus sed avarus, qui multa ab amicis accipiebat, nullo munere servos, qui dona ferebant, unquam donavit. Aliquando servus quidam, nomine Lydon, domum ingressus ad pedes avari piscem his verbis projecit, "Hunc tibi meus dominus mittit." "Quid tamen," respondit Celer, "tuo ingenio incultius esse potest? En! tibi meam sedem concedo; mox me imitatus, tuo officio melius fungi poteris." Tum Celer humili vultu servum, qui jam ipsius sedem occupabat, aggressus; "Te," inquit, "vir optime meus dominus salvere jubet. Hunc piscem omnium, quos in stagno pascit, pinguissimum, te tamen vix dignum, dono dat." "At," respondit Lydon, "tuo domino gratias ago habeo-que; tibi quoque pro labore duos nummos dare in animo est." Quod ubi audit Celer, acri ingenio servi delectatus, tres nummos ei dedit.

115. *Bonneted.*

Mulieri cuidam, quae Arpis habitabat, vas erat ferreum haud ita magnum, quo cibum coquere solebat. Fur autem improbus, dum ipsa abest, domum ingressus vas rapuit inque silvas evasit. Qui, quod vas grave erat, nec facile portatu, capiti onus imposuit, iter-que pergebat primo cautius; deinde clamore sequentium perterritus, properandi causā, currere incipit. At vas subito motu turbatum, e summo capite ad humeros lapsum, totum vultum furis obtexit. Tum is, quod nec diutius viam videre poterat, nec ullo modo caput extrahere ex vase, quod artissime haerebat, cursum non tenuit. Itaque a sequentibus captus, manifesti delicti poenas exsolvit.

116. *The Falcon.*

Caius nobilis quidam Hispānus, venandi studio complures canes accipitres-que domi alebat. Mox autem pauper factus omnes vendere coactus est, praeter unum accipitrem, quem maxime amabat. Haud procul ab eo loco cum parvo filio habitabat Fulvia, femina dives et avara, quam multos per annos Caius in matrimonium ducere volebat. Illa autem, etsi amanti primo faverat, pauperi nubere noluit. Forte Fulviae filius, accipitrem Caii jamdudum miratus, alitem optavit, nec alio dono placari poterat; tandem cupidine et dolore confectus in gravem morbum cecĭdit. Tum mater infelix Caium visere constituit, avem-que rogare. At Caius ubi mulierem adeuntem videt, quod nihil jam cibi domi habebat, nec eam nullo accipere hospitio tolerabat, victus amore alitem carissimum interfecit, coctum-que proposuit hospiti. Haec ubi sensit Fulvia, tali amore mitigată, Caio tandem nupsit.

117. *The Robber's Cave.*

Balbus agricola, qui in silvas ligna caesum iverat, virgultis occultus magnam manum latronum, qui adibant, vidit. Qui dum perterritus nullum sonum ēdere audet, dux ipse latronum altissimam rupem aggressus eam dextrā pulsavit, haec locutus, "Aperi te, horreum." Quibus verbis (mirabile dictu !) fores celatae aperiri visae sunt, antrum-que ingens patefieri. Inde latrones, antrum ingressi, onera, quae portabant, deposuerunt, iterum-que regressi e conspectu discesserunt. Deinde Balbus, qui tandem e latebris exire ausus est, iisdem verbis usus, rupem ipse pulsavit, antrum-que patefecit auro completum et argento, quod a viatoribus raptum latrones in eo loco abdiderant. Quo visu attonitus sese quam maximo auri pondere oneravit, domum-que laetus rediit.

118. *Caught by the Robbers.*

Balbo erat frater nomine Caius, vir dives sed avarus. Hic de fortuna Balbi per uxorem certior factus fratrem carmen illud, quo antrum aperiri poterat, diris minis divulgare coegit. Itaque cum tribus asinis ad rupem profectus, verbis-que magicis usus, antrum intravit, asinos-que auro oneravit.

Mox autem ubi redire voluit, carmǐnis oblitus, "Aperi te," inquit, "hordeum;" cui voci quia fores parēre noluerunt, nec carminis ipsius meminisse poterat (tantae enim divitiae rationem animi perturbabant) a latronibus brevi captus est. Hi postquam virum gladiis interfecerunt, corpus ejus in quattuor partes divisum intra antrum suspenderunt. Postero autem die Balbus, qui, rem suspicatus, locum ipse adierat, noctu membra fratris ex antro eripuit.

119. *Two can play at that Game.*

Hoc ubi cognovit dux latronum suorum callidissimum, rei exquirendae causā, ad urbem misit. Qui quidem dum urbem pererrat, forte occurrit sartori cuidam, qui a Balbo jussus, fratris membra disjecta acu junxerat (corpus enim, in quattuor partes divisum, sepeliri leges vetabant). Hic, vir loquax, a latrone callide interrogatus, non modo rem omnem quaerenti divulgavit, sed domum etiam Balbi ostendit. Inde latro, postquam fores cretā notaverat, ad antrum rediit; noctu-que comites ad locum duxit. Id tamen quod latro fecerat non effugerat Balbi ancillam, quae consilium ejus suspĭcata domorum vicinarum fores eodem modo notaverat. Latrones igitur, quod inimici domum cognoscere non poterant, in silvas irrĭti redierunt.

120. *The Forty Thieves.*

Postero die dux latronum, ad aedes Balbi ab eodem sartore ductus, naturam loci oculis accuratissime observavit. Inde viginti asinos, vasis ingentibus oneratos paravit; quorum unum quidem oleo implevit; in reliqua tamen singula binos abdidit latrones. Deinde vesperi mercatorem simulans ad urbem cum asinis profectus est, et a Balbo, quem pro aedibus sedentem invenit, hospitium sibi suis-que petiit. A quo benigne acceptus vasa omnia in horto disposuit, comites-que signum silentes exspectare jussit. At ancilla eadem, quae, dum dux latronum cum domino suo coenat, fraudem perspexerat, oleum ex primo vase deductum, atque igne tostum, latronibus, qui in reliquis vasis latebant, injecit omnes-que ad unum suffocavit.

IMPERSONAL VERBS.

§ 35. IMPERSONAL VERBS are those which cannot have for their Nominative a Personal Pronoun or a Substantive.

They are of two kinds—

1. Those which always have a Nominative, but it can only be (1) a Neuter Pronoun; (2) an Infinitive; (3) a Clause.

These are *lĭbet, lĭcet, accĭdit, constat*, etc.

> 1. Oportet me *abire.*
> *I must go* (lit. *It behoves me to go*).
>
> 2. Si *illud* non licet, certe *hoc* licebit.
> *If that is not lawful, at any rate this will be.*

2. Those which need have no Nominative expressed.

Pĭget, pŭdet, poenitet, taedet, mĭsĕret.

N.B.—(1) The Nominative is probably in each Case the feeling expressed by the Verb.

> (*Pudor*) pudet me.
> *I am ashamed* (lit. *It shames me*).

(2) The Passive of all Intransitive Verbs must be used *Impersonally.*

> 1. *Invidetur* mihi.
> *I am envied.*
>
> 2. *Pugnatum est* acriter ab utrisque.
> (*The battle*) *was fought sharply on both sides.*

PIECES FOR TRANSLATION.

121. *The Wonderful Island.*

Mercator quidam, nomine Sinon, quod eum cessandi et nihil agendi piguit, pericula maris tentare constituit. Navi igitur ad Indos vectus, primo, quod procellae fluctus agitabant, gravi nauseā oppressus, mortem optavit. Mox autem, ubi vis tempestatis mitescebat, morbum depulit. Paucis post diebus, dum aperto mari procul a portu navigatur, parvam insulam, nigro colore, haud multum super aquam eminentem, nautae vident. Tum omnes e nave egressi, huc illuc per totam insulam vagantur; tandem ignem accendere incipiunt. Subito sub pedibus diro sonitu insula evanuit in undas, omnes-que in gurgitem hausti sunt. Monstrum enim marinum, quae nautis insula ob magnitudinem visa est, e somno igne excitatum, in mare se mersit. Quo casu omnes nautae perierunt; Sinon autem, magnā sustentus trabe, quam forte ad ignem ferebat, natando ad terram ignotam pervenit.

122. *The Diamond Valley.*

Sinon quidem, totum diem per loca deserta vagatus, omni spe reditūs dejectus est. At noctu, dum dormit, ad vallem altissimis montibus interclusam ingenti ave raptus est. Tali miraculo attonitus postero die aliquid etiam mirabilius vidit; tota enim vallis gemmis ornata est. Incolae hujus terrae quod in vallem descendi non potest, gemmas ita colligere solent. Summis de montibus carnem

dejiciunt, quam aquilae ab imā valle in nidos ferunt.
Inde mercatores magno clamore aves depellunt, gemmis-que
carni adhaerentibus ipsi potiuntur. Quod ubi Sinon
cognovit, postquam sese quam plurimis gemmis onera-
verat, suum corpus ad carnem alligavit, tutus-que magnā
aquilā ad nidum latus est. Unde ad urbem propinquam
facile descendit, gemmas-que magno pretio vendidit.

123. *The Giant's Cave.*

Idem Sinon, ne his quidem divitiis contentus, Oceanum
iterum tentare constituit; celeri igitur nave cum paucis
sociis vectus, ventis adversis ad terram ignotam pulsus
est, quam incolebant homines barbari advenis inimicissimi.
Hi scaphis navem aggressi, Sinonem sociosque duxerunt
ad suum regem, gigantem immanem, specie horribili, qui
unum modo oculum in mediā fronte positum habebat.
Rex, postquam captivos omnes manu ingenti tractaverat,
ex iis, quem pinguissimum judicavit, igne tostum devoravit. Ceteri tamen, quod incaute a barbaris custodie-
bantur, eodem veru, quo comes infelix transfixus erat,
oculum gigantis dormientis transfoderunt, et velis remis-
que a terrā inhospitali fugerunt.

124. *The Royal Sepulchre.*

Haud ita multo post secundis ventis Sinon socii-que ad
insulam fertilem et opīmam vecti sunt. Quo in loco,
dum Sinon studio frugum carpendarum longius a navi
errat, a sociis infidelibus relictus est. Rex tamen hujus
insulae hospitem benigne accepit, suamque filiam, virginem
pulcherrimam, ei in matrimonium dedit. Id tamen minus
prospere evenit; uxor enim Sinonis proximo anno mortua

est. Tum cives, quod durā lege viros una cum uxoribus sepelire solent, Sinonem vivum cum uxore mortuā funibus demittunt in puteum profundum, quo sepulcro reges illius terrae utebantur. Huic tamen ab omni spe salutis intercluso fortuna patefecit iter. Sinon enim, fame siti-que jam moriturus, vulpem vidit, quae cadaveribus vescebatur. Quam per vias occultas diu secutus, parvam rimam, quā ipsā puteum intraverat, tandem invenit. Inde Sinon, postquam magnā vi nisus lapidem ingentem submoverat, se liberavit, atque ad oram maritimam evasit.

125. *The Old Man of the Sea.*

Sinon per litus quinque millia passuum vagatus, senem quendam in ripā fluminis sedentem invenit. Hic Sinonem se trans flumen humeris transportare jussit. Itaque Sinon, quem senis infirmi miseruit, eum in humeros sublevavit, id, quod imperatum est, facturus. Senex autem, simul in loco firmiter sedit, cruribus collum amplexus, Sinonem onus deponere prohibuit. Tum Sinon, quod luctari non audebat, senex enim diro amplexu eum suffocabat, dominum huc illuc per totum diem vehere coactus est. Nec nox laboris finem fecit, senex enim etiam dormiens captivum artius amplectebatur. Postero tamen die, dum jussu domini per silvam iter facit, Sinon repente caput senis arboris ramo, qui impendebat, maximā vi admovit. Quo ictu stupefactus senex crura laxavit, atque ad terram moribundus cecidit.

126. *How to pick Cocoanuts.*

Tali periculo ita liberatus Sinon dum per silvam pedem refert, mercatoribus occurrit compluribus qui ad nuces carpendas ibant. Cum his se jungere constituit. Nuces,

quae summis modo ramis dependent, mercatores haud
facile carpunt, quod lēvis arboris truncus ascendi non
potest. Hunc tamen modum invenerunt. Simias, quae
plurimae silvas colunt, saxis vexant : quamobrem illae
iratae nuces ab arboribus direptas in mercatores dejiciunt.
Sinon nucibus multis potitus, mercatores simias ipse
captare docuit. Jussu ejus vasa quaedam aquae plena
ad imas arbores admoverunt, quibus in vasis manūs multo
cum fragore lavabant. Inde vasa eadem nigrā pice comple-
verunt, discesserunt-que e loco. Simiae autem homines
ex consuetudine imitatae, ubi manus in vasa imposuerunt
pice retentae facile captantur.

127. *The Elephant's Burial-place.*

Haud multum ab eo loco magnus grex elephantorum
teneris frondibus pascebatur. Quo visu perterriti, ceteri
in fugam se dederunt, Sinon tamen, arcu armatus, postquam in arborem ascenderat, celeribus sagittis maximum
ex elephantis interfecit. A mercatoribus igitur, qui ebur
maximi aestimant, donis oneratus est. Inde Sinon, cui
divitiae animum addiderunt, quandam in arborem, quae
juxta parvum lacum crescebat, saepissime ascendebat.
Quo consilio complures interfecit elephantos, quos bibendi
causā eum locum adire oportebat. Tertio tamen mense,
elephanti, quibus aquam sine noxiā adire non licebat, in
Sinonem universi impetum fecerunt, crebris-que ictibus
ipsam arborem radīcitus evellerunt. Inde virum attonitum,
mortemque expectantem, in tergum sublevavit dux gregis,
longe-que per silvas ad eum locum portavit, quo sepulcro
elephanti utebantur. Sinon igitur, qui ex mortuis elephantis satis eboris potitus est, vivis posthac parcebat.

128. *The Subterranean Passage.*

Sinon dives ita factus, quod domum ad suos redire voluit, nactus idoneum tempus ad navigandum, e portu solvit. At paucos post dies coorta est saevissima tempestas, cujus violentiā navis, ad scopulos appulsa, naufragium fecit. Hoc in loco aestus per latus montis praeruptum alveo haud ita magno fluminis modo volvitur. Sinon comites-que complures dies in angustā rupe manebant, quod hinc vis fluctuum eos abire prohibuit, illinc mons altissimus nullo modo ascendi potuit. Tandem Sinon, postquam parvam ratem e trabibus navis fecerat, sine ullo comite se committere ausus est flumini, quod sub imum montem volutum est. Inde per vias occultas summā celeritate vectus, quod nec iter videre nec cursum dirigere poterat, labore et excubiis defessus, gravi somno oppressus est.

129. *Home at last.*

Quo somno Sinon oppressus, duos dies omni sensu carebat; tertio tamen die, ubi animum vix recepit, solem laetus aspexit: ratis enim, dum ipse dormit, iter periculosum confecerat, et vi fluminis vecta ad oppidum ·quoddam, in ripā positum, advenerat. Deinde cives, tali miraculo attoniti, Sinonem ad regem suum duxerunt. Hic, postquam rem omnem cognovit, quod tanta pericula plusquam humana videbantur, Sinoni, honoris causā, pallium purpureum auream-que coronam dari jussit, navi-que egregiā donavit. Inde Sinon, secundis ventis domum advectus, inter amicos propinquos-que reliquum vitae spatium tranquille peregit, nec ullo periculo posthac vexatus est.

130. *Mineral Springs.*

Morcio Icenorum regi filius erat unicus, ingenuo vultu puer moribus-que suavissimis. Hunc tamen morbo gravissimo affectum pater (sic enim leges jubebant), a suo regno in exsilium ejecerat. Inde juvenis, quod argento carebat, nec ullo modo vitam sustinere poterat, vestem mutavit regiam, servus-que factus, agricolae cujusdam sues pascebat.

At sues paucis post diebus eodem morbo affecti tabesce-bant ipsi. Deinde puer, quod rem occultare voluit, totum gregem in silvam densiorem egit. Hunc olim, dum per regionem ignotam errat, paludem transire oportebat. Quam ubi viderunt sues, omnes uno impetu in aquas se dejiciunt, quibus aquis salubribus sanabantur. Puer igitur sues imitatus sanus-que ipse factus, oppidum in eo loco condidit, quae Aquae Solis vocatae sunt.

CONJUNCTIVE MOOD.

§ 36. The CONJUNCTIVE MOOD is never used, like the INDICATIVE, to describe a *fact*.

It expresses *desire, hope,* or *doubt.*

1. Boni *simus.*   *Let us be good.*
2. *Sis* felix.   *May you be fortunate.*
3. Quid *faciam* ?   *What am I to do ?*

The Perfect Conjunctive with *nē* is used, instead of the Imperative, to express Negative Commands of the Second Person.

Nē hoc *feceris.*
Do not do this.

Observe that *nē* used in Commands, is placed first in its sentence ; -*nĕ*, used in Questions, is added to the first word. *See* § 14.

SUBJUNCTIVE MOOD.

When dependent on another Verb this Mood is called SUBJUNCTIVE.

It is used to express *purpose, consequence, condition,* etc.

It is translated by the English Subjunctive when it expresses *Purpose,* and sometimes when it expresses *Condition,* but in other cases by the Indicative

1. Portas claudit, ne quis *effugiat.*
   He shuts the gates, that no one may *escape.*
2. Tanta erat caedes, ut nemo *effugĕret.*
   So great was the slaughter, that no one escaped.
3. Si illi *effugissent,* ego custodem *necavissem.*
   If they had *escaped, I* would *have killed the jailor.*
4. Quum *effugissent,* domum rediērunt.
   When they had *escaped, they returned home.*

PIECES FOR TRANSLATION.

131. *The Donkey's Advice.*

Agricola quidam, nomine Cato, sermonem animalium intellexit. Hic olim bovem, qui fortunam adversam apud asinum querebatur, audivit. "Utinam," inquit bos, "mea fortuna tuae similis esset. Te quotidie noster magister diligenter curat, tibi dulcissimum cibum parat; ego tamen, qui arando totum diem consumo, gramine vescor tenui." Cui asinus, "Tu tamen, o stultissime, merito haec patĕris, quod jugi nimium patiens es. Cur non magistro istis cornibus mortem minaris? Cur non mugītus horrisonos ēdis? Hoc consilio usus fortunam meliorem reddes. Cibum, quem tibi hodie servi attulerint, ĕdere noli; cras autem, ne te aratro jungant, omni vi repugna." Bos id, quod imperatum est, facit. At magister, qui omnia audiverat, ut asinum pro consilio puniret, eum aratro pro bove jungi jussit.

132. *The Donkey's Advice (continued).*

Vesperi, ubi asinus, labore insueto defessus, ad stabulum rediit, a comite summis laudibus acceptus est. Ille autem, quem prioris consilii jam poenitebat, amicum ita monuit. "Cave, mi amice, ne istud otium tibi plus quam labor pristĭnus noceat. Nuper enim, dum ex agris redeo, nostrum audivi magistrum, qui te cras mactari jussit, nisi opere solito fungi velles. Nē te sine causā tanto periculo obtuleris." Quibus verbis perterritus, bos, qui cultrum sacerdotis jam animo praesensit, gratias asino pro consilio utilissimo egit. Postero igitur die, ubi agricola agros iterum arare voluit, bos jugo repugnare non ausus, ipse suum collum aratro praebuit.

133. *The Cock's Advice.*

At magister, qui omnia audiverat, prudentiā asini valde delectatus, risum non continuit. Quod ubi cognovit uxor ejus, quae hauJ procul aberat, rem mirata, causam ex ipso quaesivit. Hic autem, cui sermonem animalium intelligere concessum erat, eā modo conditione, ut illum nulli proderet, ne fidem datam violaret, omnino tacebat. Quo uxor irata viro aquā et igni interdixit, dum rem patefacere vellet. Inde agricola, qui maestus ac jejunus domum intrare non ausus est, a gallo quodam ita monitus est. "Pudet me tui, magister; ego enim, cui viginti sunt uxores, omnes facillime domo, tu tamen, qui unam modo habes, eam regere non potes." Quod ubi audiit agricola, pudore motus, baculum ingens arripuit, et brevi uxorem ad meliora consilia flexit.

134. *The Bottom of the Stream.*

Boeotius quidam, qui per terram ignotam iter faciebat, ad flumen montanum, quod viam intercludebat, advenit. Itaque miratus quod tanta vis aquae ab unā parte volvebatur, diu patienter expectabat, dum deflueret amnis. Tandem, quod morandi eum taedebat, nec vis aquae omnino minuebatur, agricolam, qui forte adstabat, appellavit. "Tu, quaeso," inquit, "vera mihi responde: imumně flumen firmum est?" "Nihil potest esse firmius," respondit ille. Quibus verbis confirmatus in aquam Boeotius desiluit. Quod tamen flumen fuit altissimum, sub undis mersus, natando mortem vix effugit. Tum Boeotio de fraude querenti, "Te certe," respondit agricola, "irasci minime decet; tu enim imum flumen, quod reverā firmissimum est, nondum attigisti."

135. *The Hunchback.*

Varus tībīcen erat corpore informi, canendi tamen arte peritissimus. Hic olim ad cenam vocatus est a sartore quodam, qui, etsi modos tibiae quam maxime amabat, ipse cantare non poterat Dum cenant, Varus, quod os magnum haerebat in gutture, ad terram moribundus . cecĭdit. Inde sartor veritus ne caedis sui hospitis accusaretur, amici infelicis corpus ad aedes medici cujus-dam clam detulit. Hǐc onus aedium postibus fultum reliquit. Primā luce, ubi medicus, vir iracundus, portas aedium incautus reseravit, corpus suo loco dejectum praeceps ad terram ruit. Quod ubi vidit medicus, re tam inopīnatā quam maxime perterritus, tibicinis cadaver in interiorem partem domūs portavit, rem-que cum uxore, feminā acris ingenii, communicavit.

136. *Down the Chimney.*

Inde uxor, " Noli," inquit, " te vexare, meo tamen consilio utĕre. Hunc virum ad summum culmen aedium propinquarum feramus. Inde corpus in interiorem domum facile demittere poterimus." Medicus id quod imperatum est facit, corpus-que mortui, ut praescriptum est, funibus clam demittit. At mercator, qui eam domum incolebat, ubi primum eam partem aedium intravit, quam in partem corpus demissum erat, tibicinem pro fure magno baculo percussit, corpus-que vi ictūs ad terram dejecit. Inde perterritus, ne ipse de caede accusaretur, cadaver ad humeros sublatum, in viam detulit. Tum, postquam hominem, tanquam vivum, ad murum applicuerat, a loco quam celerrime se recepit.

137. *The Praetor puzzled.*

Forte nauta quidam, qui mane ad navem suam redibat, imprudens cadaver suo pede percussit. Hic autem, dum attonitus corpus observat, quod vi ictus dejectum humi jacebat, a lictoribus apud Praetorem Urbanum ductus est. Qui, postquam causam audiit, nautam securi feriri jussit. Inde dum lictores securim acuunt, e turbā circumstantium exsiluit mercator, poenam-que nautae sibi vindicavit. Praetor igitur, etsi virtute hominis delectatus est, quod legem negligere noluit, nautam e vinculis eximi merca- torem-que ad palum deligari jussit. At lictor ubi securim ad supplicium sumendum sustulerat, subito clamore motus, ictum intermisit.

138. *Brought to Life.*

Inde medicus sartor-que simul locuti, se sceleris admissi accusaverunt. Quod ubi audiit Praetor, totam rem sibi narrari jussit. De quā certior factus, quod rem tam multiplicem explicare non poterat, omnes apud Augustum trahi jussit. Augustus igitur, ne quo errore falleretur, ex suis medicis, quem peritissimum haberet, arcessi jussit. Hic autem, corpus tibicinis diligenter scrutatus, suo digito os ex gutture viri tandem extraxit. Inde res, mihi quidem haud credibilis, evenisse dicitur. Tibicen enim, qui per hoc omne tempus mortuus esse videbatur, ingenti cum gemitu animum recepit, omnes-que falso caedis crimine ita liberavit.

139. *A Dishonest Couple.*

Dario, Persarum regi, servus erat, nomine Lydon, quem maxime amabat. Cui rex, ut indicium benevolentiae insigne praestaret, in matrimonium dedit puellam pulcherrimam, quam regina ex omnibus ancillis fidelissimam habebat. Hi autem, quod suis divitiis nimis prodige utebantur, brevi pauperes facti, ut argentum ex rege impetrarent, hoc consilium inierunt. Primā luce vir, regem aggressus, tristi vultu fortunam deplorare incipit. "Uxor," inquit, "mea proximā nocte e vitā discessit." Tum rex, quem viri infelicis miseruit, consolandi causā, purpureum pallium argenti-que talentum ei dari jussit. At uxor eodem tempore conjugem mortuum coram reginā deplorabat. Quae, tanto dolore mota, ei vestem pretiosam et auri nummos quinquaginta dedit.

140. *A Dishonest Couple (continued).*

Rex igitur reginam petiit, de morte ancillae tam amatae consolaturus. Inde regina ad regem versa, "Gratias tibi," inquit, "pro benevolentiā ago ; tu tamen in hoc erravisti, quod mea ancilla adhuc vivit, vir tamen ejus mortuus est." Quod ubi rex credere noluit, ut rem tam dubiam explicarent, ambo ad eam partem aedium, quam servi habitabant, ire pergunt. Huc ubi pervenerunt, res magis in ambiguo erat, quod et vir et femina, eodem rŏgo impositi, speciem mortis praebebant. Denique rex, "Hic certe mortuus est et illa. Uter tamen prior e vitâ discessit? Si quis mihi totam rem explicaverit, ei triginta nummos aureos libenter dabo." At vir statim e rogo desiluit. "Mihi," inquit, "rex magne nummos redde, ego enim primus mortuus sum."

PRESENT PARTICIPLE.

§ 37. (*a*) Be careful in translating not to confuse—
Present Participle—" flying," *i.e.* a flying person or thing.

Present Infinitive $\Big\}$ " flying," *i.e.* the act of flying.
Gerund

> 1. Legati ad eum venerunt *quĕrentes* simul *orantes*-que.
> *Ambassadors came to him, complaining and entreating at the same time.*
> 2. Malo *esse* quam *vidcri* bonus.
> *I prefer* being *to* seeming *good.*

(*β*) Notice that in Latin the Present Participle is always *really* present and is not used loosely as in English.

> Hannibalem iter facientem aggressus vicit.
> *Attacking* (i.e. *having attacked*) *Hannibal* (*while*) *marching, he defeated him.*

Ex. 18.

1. Turba fugientium actus, arma ad caelum tollens, "Jupiter," inquit, "arcem jam scelere emptam hostes habent."
2. Bene gerendae rei occasio data est.
3. Muros tenentium clamor auditus est.
4. Omnes ad arma capienda excitavit.
5. Omne inde tempus muniendis castris consumptum est.
6. Bene sentire recte-que facere satis est ad bene beate-que vivendum.
7. In alteram partem cohortandi causā profectus pugnantibus occurrit.
8. Aggredientibus spes aliqua est.
9. Post tantas acceptas clades pacem fecerunt.
10. Sequentibus effuse turbatum hostem signum receptui dedit (*he sounded the recall*).

PIECES FOR TRANSLATION.

141. *May a Man do what he likes with his own?*

Lysander Atheniensis, quum cetera animalia satis diligebat, tum equos summo fovebat amore. Is olim, dum Thebas iter facit, in Boeotum quendam incidit, qui equo suo ob nescio quam culpam male utebatur. Quod ubi vidit, gravibus probris tantam crudelitatem increpuit. "Quid tandem id ad te attinet," respondit ille. "Nonne licet mihi equum si ita placet verberare meum?" "Maxime," inquit Lysander, "quod exemplum tu proponis, id ego imitabor." Haec locutus magno baculo, quod manu portabat, tergum ejus graviter et saepe verberavit. "Hoc enim," inquit, "baculum meum est. Nonne igitur mihi licet eo, ita ut placet, uti?"

142. *The Good-natured Boy.*

Glaucus, puer ingenio benigno, a patre missus est ad parvum oppidum, quod ab eo loco octo millia passuum aberat. Cui, dum iter facit, occurrit canis fame paene confectus, dextram-que lambens cibum petere visus est. Inde Glaucus misericordiā motus, etsi ipse esuriebat, magnam sui cibi partem cani dedit. Quum autem paulo longius ivisset, hominem aspexit caecum, qui in flumen prolapsus moveri non audebat, ne in aquam altiorem incideret. Glaucus igitur, etsi ipse natare non poterat, in aquam statim desiluit, et quum dextram caeci arripuisset, eum ad ripam duxit. Inde, quum aquam e veste expressisset, ad oppidum quam celerrime contendit.

143. *Timely Assistance.*

Inde Glaucus, quum jam ad oppidum appropinquaret, in nautam quendam altero pede claudum incidit. Hic aliquid cibi ab eo petiit. Cui puer id quod reliquum erat panis dedit. His faciendis tantum diei consumpserat, ut, dum domum ex oppido redit, nocte oppressus, cursum tenere non posset, sed per aviam silvam erraret. Subito autem duo latrones, qui in silvā latebant, ex insidiis prosiliunt, puerum-que raptum veste spoliare parant. At canis fidelis, qui Glaucum totum diem secutus est, alterius latronis crus tam acriter momordit, ut hic cum gemitu puerum liberaret. Simul vox horrenda audita est clamantis, "En latrones illi, quos tamdiu ferro igni-que sequimur." Quā voce territi ambo diffugerunt. At Glaucus, ad clamorem conversus, nautam cognovit claudum, quem caecus ille ex humeris portabat. Hi enim de consiliis latronum certiores facti tempore opportuno subsidio venerunt.

144. *The Ill-natured Boy.*

Haud procul ab eo loco habitabat puer improbus, nomine Nero. Hic olim, dum per agros vagatur, canem suum ad oves quasdam vexandas, quae in prato pascebantur, incitavit. Quo perterritae omnes diffugerunt: at aries magnus, dux gregis, irā motus, cornu ita acriter canem petiit, ut is claudus tristis-que ad dominum rediret. Nero autem, quum paulo longius ab eo loco processisset, parvae puellae occurrit, quae mulctrarium, niveo lacte impletum, summo capite portabat. Hanc puer malignus salvere jussit. Deinde, quum illa praeteriisset, hic conversus, ejus vestigiis ingressus est. Denique subito ictu mulctrarium deturbavit, et vultum, capillos, vestem, totum corpus infelicis puellae lacte madefecit.

145. *Two Naughty Tricks.*

Quā re valde delectatus Nero novae fraudis occasionem quaerebat. Mox autem viro caeco, qui vix baculo gressum dirigebat, obviam ivit. Cui Nero, "Si vis," inquit, "mecum hac molli sede consīdere, aliquid cibi tibi libenter dabo." Quibus verbis eum ad locum udo fimo plenum duxit, et aliquid fimi, cibi specie, in os inserere conatus est. At caecus, qui fraudem senserat, digitum pueri ita acriter momordit, ut ille multis cum lacrimis veniam peteret. Ne hac quidem poenā satis doctus, virum quendam altero pede claudum aggressus est, et, quum denarium argenteum ante pedes projecisset, de terrā tollere jussit. At, dum ille baculo fultus dextram ad denarium porrigit, hic baculum arripuit, ita ut illum ad terram praecipitem dejiceret.

146. *A Chapter of Accidents.*

Inde Nero, cui successus animum addiderat, poma, quae ex arbore propinquā dependebant, rapere constituit. Qui quum in arborem ascendisset, ab agricolā viro iracundo captus, graviter verberatus est. Hunc postquam tristis et saucius effūgit, ab ipso claudo, qui in occulto latebat, oppressus, iterum et acrius verberatus est. A quo tandem liberatus, quod ambulare prae dolore non poterat, in equum, qui propter viam pascebatur, ascendit. Hic tamen tali re minime delectatus currere incipit, nec ante e cursu destitit quam puerum e tergo deturbaverat. Forte ea puella quā mane tam male usus erat eum humi jacentem invenit. Haec quidem injuriae suae immemor eum suas in aedes duxit et vulnera diligenter curavit.

147. *The Attack on the Castle.*

Spartacus olim princeps earum gentium, quae trans
Rhenum habitabant, magnam turrim haud procul a
flumine aedificaverat. Inde cum suis militibus plurimas
incursiones in agros finitimos facere solitus est, ut igni
ferro-que omnia vastaret. Quam ob rem magnum odium
incolarum urbis finitimae susceperat. Ili igitur, quum
injurias illius non diutius tolerare possent, universi in
muros impetum fecerunt. Diu et acriter pugnatum est.
Tandem princeps, quod commeatu omnino interclusus est,
legatos ad eos de deditione misit. Quum tamen cives
irati pacem dare vellent eā modo conditione, ut ipse ad
supplicium traderetur, ignem turri admovere constituit, et
sese sua-que omnia incendio consumere.

148. *The Attack on the Castle (continued).*

Quod ubi cognovit uxor Spartaci, femina summae con-
stantiae, sola vallum ascendere ausa est cum hostibus
colloquendi causā. "Nolite," inquit, "cives victoriam,
quam reportavistis, clade feminae defamare. Mihi saltem
liceat e turri discedere cum eo modo, quod meis humeris
portare possim." Inde cives, quod ab illā multa bene-
ficia acceperant, id, quod petiit, libenter concesserunt.
Brevi autem, dum omnes adventum ejus expectant, a portā
patefactā egressā, femina fortis ad castra hostium accessit
cum conjuge, quem in humeros sublevatum portabat.
Inde cives virtutem feminae mirati, quod fidem datam
violare noluerunt, et conjugi et uxori pepercerunt.

149. *An Ill-matched Pair.*

Lupus olim cum vulpe societatem conjunxit. Hanc igitur, quod multo infirmior erat, quodcunque ille imperavit, facere oportebat. Aliquando, dum per silvam comites iter faciunt. "Vulpes carissima," inquit lupus, "aliquid cibi mihi quam celerrime affer, ne, fame coactus, te ipsam devorem." "Equidem," respondit vulpes minis perterrita, "haud procul ab hoc loco duos agnos pridie conspexi, quos facillime tibi afferre potero." Quum hoc inter eos convenisset, vulpes ex agnis alterum ab agro ad lupum portavit. Deinde, ut sibi aliquid inveniret, discessit. At lupus, qui brevi agnum devoravit, ne hoc quidem satis contentus, ut altero potiretur, ipse ad ovile profectus est. Is autem, quod rem incautius egit, a pastore captus, ita graviter verberatus est, ut corpus ad silvam vix trahere posset.

150. *Greediness punished.*

Postero die lupus de suis injuriis questus, a comite facti imprudentis vehementer incusatus est; "Hodie tamen," inquit vulpes, "si mecum venire vis, tantum cibi, quantum edere poteris tibi dabo." Lupus igitur vulpem secutus, horreum agricolae cujusdam rimā haud ita magnā intravit. Illic, quum carnis maximam copiam invenissent, ambo dapibus inopinatis vesci incipiunt. Vulpes autem inter edendum ad rimam cursitabat. Subito ingens strepitus auditus est. Panduntur portae. Irruit agricola cum securi ingente armatus. Inde vulpes, quae haud multum ederat rima se facile eripuit; lupus tamen tantum carnis devoraverat, ut corpus in rimā haereret.

Agricola igitur, quum eum securi interfecisset, caput postibus affixit. Quo exemplo fures in posterum a rapinis deterruit.

VOCABULARY.

A

a, ăb, prep. *oy, from.*

abdo, -dĭdi, -dĭtum, v. 3, *hide, conceal.*

ăbeo, -ĭvi *or* -ii, -ĭtum. -ĭre, v. *go away, depart.*

abnuo, -ui, -uĭtum *or* -ūtum, v. 3, *refuse, reject.*

absorbeo, -bui, -ptum, v. 2, *swallow, devour.*

abstĭnentia, -ae, f. *abstinence.*

abstĭneo, -ui, -tentum, v. 3, *keep from, abstain.*

abstrăho, -xi, -ctum, v. 3, *drag away, withdraw.*

absum, -fui, -esse, v. *be away, be absent, be distant.*

absūmo, -mpsi, -mptum, v. 3, *take away, carry off, consume.*

Abulus, -i, m. *Abulus.*

ăbundo, -āvi, -ātum, v. 1, *abound, overflow.*

ac, conj. *and.*

accēdo, -cessi, -cessum, v. 3, *approach, draw near.*

accendo, -di, -sum, v. 3, *set on fire, light, inflame.*

accĭpio, -cēpi, -ceptum, v. 3, *receive.*

accĭpĭter, -tris, m. *falcon, hawk.*

accūsātus, -a, -um, adj. *exact.*

accūso, -āvi, -ātum, v. 1, *accuse.*

ăcer, -cris, -cre, adj. *sharp, keen, bitter, fiery.*

ăcerbus, -a, -um, adj. *bitter.*

ăcervus, -i, m. *heap.*

acrĭter, adv. *sharply.*

ăcuo, -ui, -ūtum, v. 3, *sharpen.*

ăcus, -us, f. *needle.*

ăcūtus, -a, -um, adj. *sharp, intelligent.*

ăd, prep. *to, at.*

ădămo, -āvi, -ātum, v. 1, *love greatly.*

addo, -dĭdi, -dĭtum, v. 3, *add.*

addūco, -xi, -ctum, v. 3, *bring to, conduct, induce.*

ădeo, -ĭvi *or* -ii, -ĭtum, v. *go to, approach.*

ădhaereo, -haesi, -haesum, v. 2, *stick, cling to.*

ădhĭbeo, -ui, -ĭtum, v. 2, *apply to, employ.*

ădhuc, adv. *hitherto, still.*

adjăceo, -ui, v. 2, *adjoin.*

adjungo, -nxi, -nctum, v. 3, *join to, attach.*

adjūtor, -is, m. *helper.*

Admētus, -i, m. *Admetus.*

admitto, -misi, -missum, v. 3, admit, commit.

admŏneo, -ui, -ĭtum, v. 2, warn, advise.

admŏveo, -mōvi, -mōtum, v. 3, bring up, apply.

ădŏrior, -ortus, v. 4, dep. attack.

adscrībo, -psi, -ptum, v. 3, enroll.

adsto, -stĭti, v. 1, stand near.

adsum, -fui, -esse, v. be present.

ădultus, -a, -um, part. grown up.

adūro, -ussi, -ustum, v. 3, scorch

ădvēho, -xi, -ctum, v. 3, carry ; pass. ride.

advĕna, -ae, c. stranger. [rive at.

advĕnio, -vēni, -ventum, v. 4, ar-

adventus, -ūs, m. arrival. ,

adversārius, -ii, m. adversary.

adversus, -a, -um, adj. contrary, adverse.

adversus, prep. towards, against.

advŏco, -āvi, -ātum, v. 1, summon, invite.

aedes, -ium, f. house.

aedĭfĭcium, -ii, n building, house.

aedĭfĭco, -āvi, -atum, v. 1, build.

aeger, -gră, -grum, adj. sick, ill.

aegre, adv. badly ; aegre ferre, to be annoyed.

Aegyptus, i, f. Egypt.

aequo, -āvi, -ātum, v. 1, equal.

aequus, -quă, -quum, adj. equal, even, level, fair.

aerātus, -ă, -um, adj. brazen.

aĕrius, -a, -um, adj. aerial.

aestas, -ātis, f. summer.

aestĭmo, -āvi, -ātum, v. 1, think, value.

aestus, -ūs, m. tide.

Afer, -fră, -frum, adj. African.

affĕro, attŭli, allātum, afferre, v. bring, to offer.

affĭcio, -fēci, -fectum, v. 3, affect, influence, afflict.

afflicto, -āvi, -ātum, v. 1, vex, torment, toss.

afflīgo, -xi, -ctum, v. 3, dash against.

Africa, -ae, f. Africa.

ăge, come.

ăger, -gri, m. field, country.

aggrĕdior, -gressus, v. 3, dep. approach, attack.

ăgĭto, -āvi, -ātum, v. 1, drive, toss, rouse. [march.

agmen, -ĭnis, n. army, line of

agnosco, -nōvi, -nĭtum, v. 3, re- cognize, become acquainted with.

agnus, -i, m. lamb.

ăgo, ēgi, actum, v. 3, do, keep, conduct ; act, drive, perform, treat about ; ago gratias, I thank.

agrĭcŏlă, -ae, m. farmer.

āla, -ae, f. wing.

ălăcer, -cris, -cre, adj. brisk.

Albertus, -i, m. Albert. [active.

albus, -a, -um, adj. white.

ālea, -ae, f. dice.

āles, -ĭtis, c. bird.

ălĭquando, adv. now and then.

ălĭquis, aliquid, pron. indef. somebody, any one.

ălĭquot, adj. indecl. several.

ălĭter, adv. otherwise ; aliter ac, otherwise than.

ălius, -a, -ud, adj. other, another, different.

allĭcio, -lexi, -lectum, v. 3, entice.

allĭgo, -āvi, -ātum, v. 1, bind.

allŏquor, -lŏcūtus, v. 3, dep. address.

almus, -a, -um, adj. pleasant.

ālo, ālui, altum, v. 3, nourish, maintain.

alter, -tĕra, -tĕrum, adj. one of two, the other, the second.

altum, -i, n. the sea.

altus, -a, -um, adj. high, deep.

Aluredus, -i, m. Alfred.

alveus, -i, m. river-bed.

ambĭguus, -a, -um, adj. doubtful ; in ambiguo, wrapped in mystery.

ambo, -æ, -o, pron. *both.*
ambŭlo, -āvi, -ātum, v. 1, *walk.*
ămīcus, -i, m. *friend.*
amnis, -is, m. *river.*
ămo, -āvi, -ātum, v. 1, *love, like.*
ămor, -ris, m. *love, charity.*
ămŏveo, -mŏvi, -mōtum, v. 2, *remove.*
amphŏra, -ae, f. *jar.*
amplector, -exus, v. 3, dep. *embrace.*
amplexus, -ūs, m. *embrace.*
ănas, -ātis, f. *duck.*
ănātĭcŭla, -ae, f. *duckling.*
ancilla, -ae, f. *maidservant.*
anguis, -is, c. *snake.*
angustus, -a, -um, adj. *narrow.*
ănĭmal, ālis, n. *animal.*
ănĭmōsus, -a, -um, adj. *full of courage, bold.*
ănĭmus, -i, m. *mind, spirit, courage.*
annus, -i, m. *year.*
anser, -ĕris, m. *goose.*
ante, prep. *before.*
antea, adv. *before.*
ante-quam, conj. *before that.*
antīquus, -a, -um, adj. *old, ancient.*
antrum, -i, n. *cave.*
ănus, -ūs, f. *old woman.*
anxius, -a, -um, adj. *anxious.*
ăper, -pri, m. *wild boar.*
ăpĕrio, -ĕrui, -ertum, v. 4, *uncover, open, show.*
ăpertus, -a, -um, part. *open.*
Apicius, -ii, m. *Apicius.*
Apollo, -ĭnis, m. *Apollo.*
appāreo, -ui, -ĭtum, v. 2, *appear.*
appello, -āvi, -ātum, v. 1, *call, address.*
appello, -pŭli, -pulsum v. 3, *dash against, come to land.*
applĭco, -āvi or -ui, -ātum, v. 1, *fasten.*
appōno, -pŏsui, -posĭtum, v. 3, *put on the table.*

apporto, -āvi, -ātum, v. 1, *carry, bring to.*
apprŏpinquo, -āvi, -ātum, v. 1. *draw near, approach.*
apto, -āvi, -ātum, v. 1, *fit, adjust.*
aptus, -a, -um, adj. *fitted, suitable.*
ăpud, prep. *at, near, in the presence of, among.*
ăqua, -ae, f. *water;* aquae, *mineral springs.*
ăquĭla, -ae, f. *eagle.*
ărātrum, -i, n. *plough.*
arbitrium, -ii, n. *judgment, decision.*
arbor, -ŏris, f. *tree.*
arca, -ae, f. *chest, strong-box.*
arceo, -cui, v. 2, *keep off.*
arcesso, -īvi, -ītum, v. 3, *send for, fetch, summon.*
arcus, -ūs, m. *bow.*
ardeo, -rsi, -rsum, v. 2, *be on fire, burn.*
ardor, -ōris, m. *fire, heat.*
arduus, -a, -um, adj. *steep, difficult.*
ărēna, -ae, f. *sand, arena.*
argenteus, -a, -um, adj. *silver.*
argentum, -i, n. *silver.*
ăries, -ĕtis, m. *ram.*
ărista, -ae, f. *ear of corn.*
arma, -orum, n. *arms.*
armātus, -a, -um, part. *armed.*
armentum, -i, n. *herd.*
ăro, -āvi, -ātum, v. 1, *plough.*
Arpi, -ōrum, m. *the town of Arpi.*
arrĭpio, -rĭpui, -reptum, v. 3, *snatch, grasp.*
ars, artis, f. *art, skill.*
artus, -a, -um, adj. *tight.*
arvum, -i, n. *field.*
arx, -cis, f. *citadel.*
as, assis, m. *a copper coin, a pound in weight.*
ascendo, -ndi, -nsum, v. 3, *climb up, mount.*
ascisco, -īvi, -ītum, v. 3, *adopt, admit.*

ăsĭnus, -i, m. *donkey.*
asper, -pĕra, -pĕrum, adj. *rough.*
aspĭcio, -exi, -ectum, v. 3, *see, behold.*
assentātor, -ōris, m. *flatterer.*
assĭduus, -a, -um, adj. *constant.*
astrŏlŏgus, -i, m. *astrologer.*
at, conj. *but.*
Athēniensis, -e, adj. *Athenian.*
atque, conj. *and.*
atrĭum, -i, n. *hall.*
atrox, adj. *fierce, terrible.*
attĭnet, v. impers. *it matters, concerns.*
attingo, -tĭgi, -tactum, v. 3, *touch, reach, arrive at.*
attŏnĭtus, -a, -um, adj. *thunderstruck, astonished.*
attrecto, -āvi, -ātum, v. 1, *touch, handle.*
attŭli. *See* affĕro.
auctor, -ōris, m. *author, cause.*
auctōrĭtas, -ātis, f. *authority, influence.*
audācia, -ae, f. *boldness, daring.*

audax, adj. *bold, daring.*
audeo, ausus, v. 2, *dare.*
audio, -īvi, -ītum, v. 4, *hear, listen to.*
Augustus, -i, m. *Augustus.*
aurātus, -a, -um, adj. *gilt.*
aurĕus, -a, -um, adj. *golden.*
auris, -is, f. *ear.*
aurum, -i, n. *gold.*
austrālis, -e, adj. *southern.*
aut, conj. *or, either.*
autem, conj. *but.*
auxĭlium, -i, n. *help.*
ăvārus, -a, -um, adj. *covetous.*
ăvello, -velli *or* -vulsi, -vulsum, v. 3, *pluck away, pull off.*
āversor, -atus, v. 1, dep. *turn away.*
āverto, -ti, -sum, v. 3, *turn aside.*
ăvĭdē, adv. *greedily.*
ăvĭdus, -a, -um, adj. *greedy.*
ăvis, -is, f. *bird.*
āvius, -a, -um, adj. *pathless.*
ăvus, -i, m. *grandfather.*

B

Bacchus, -i, m. *Bacchus, god of wine.*
băcŭlum, -i, n. *stick.*
Baiae, -arum, f. *Baiae.*
Balbus, -i, m. *Balbus.*
barba, -ae, f. *beard.*
barbărus, -a, -um, adj. *barbarous, foreign.*
beātus, -a, -um, adj. *happy.*
bellum, -i, n. *war.*
bĕnĕ, adv. *well.*
bĕnĕfĭcium, -i, n. *kindness, benefit.*
bĕnĕvŏlentia, -ae, f. *goodwill, friendship.*
bĕnignē, adv. *kindly.*

bĕnignĭtas, -ātis, f. *friendliness, kindness.*
bĕnignus, -a, -um, adj. *kindhearted.*
bestia, -ae, f. *beast.*
bĭbo, bĭbi, v. 3. *drink.*
bīni, -ae, -a, adj. *two at a time.*
Boeōtus, -a, -um, adj. *Boeotian.*
bŏnus, -a, -um, adj. *good.*
bos, bŏvis, c. *ox or cow.*
brāchium, -ii, n. *arm.*
brĕvi, adv. *in a short time.*
brĕvis, -e, adj. *short.*
Brĭtannĭcus, -a, -um, adj. *British.*
Brĭtannus, -i, m. *Briton.*
Brūtus, -i, m. *Brutus.*

C

cădāver, -ĕris. n. *corpse.*
cădo, cĕcĭdi, cāsum, v. 3, *fall.*
cădus, -i, m. *cask.*
caecus, -a, -um, adj. *blind.*
caedes, -is, f. *murder, bloodshed.*
caedo, cĕcīdi, caesum, v. 3, *cut, beat, kill.*
caelum, -i, n. *sky.*
Caius, -ii, m. *Caius.*
călăthus, -i, m. *basket.*
calcar, -āris, n. *spur.*
calceus, -i, m. *shoe.*
Calebus, -i, m. *Caleb.*
cālīgo, -ĭnis, f. *mist, darkness.*
callĭdè, adv. *cunningly.*
callĭdus, -a, -um, adj. *cunning, clever.*
Cambrĭcus, -i, m. *Cambricus.*
candĭdus, -a, -um, adj. *white.*
cănis, -is, c. *dog.*
căno, cĕcĭni, cantum, v. 3, *sing, play.*
cănōrus, -a, -um, adj. *musical, melodious.*
canto, -āvi, -ātum, v. 1, *sing, play.*
cantus, -ūs, m. *song.*
Canutius, -ii, m. *Canute.*
căper, -pri, m. *he-goat.*
căpillus, -i, m. *hair.*
căpio, cepi, captum, v. 3, *take, seize.*
captīvus, -i, m. *captive, prisoner.*
capto, -āvi, -ātum, v. 1, *catch, catch at.*
Căpua, -ae, f. *Capua.*
căput, -pĭtis, n. *head;* damnare capitis, *to condemn to death.*
carcer, -ĕris, m. *prison;* plur. *starting-place.*
căreo, -ui, -ĭtum, v. 2, *be in want of.*
carmen, -ĭnis, n. *song, charm.*

căro, carnis, f. *flesh.*
Carōlus, -i, m. *Charles.*
carpo, -psi, -ptum, v. 3, *pick, gather, enjoy.*
cārus, -a, -um, adj. *dear.*
căsa, -ae, f. *hut, cottage.*
cāseus, -i, m. *cheese.*
castănea, -ae, f. *chestnut.*
castra, -orum, n. *camp.*
cāsu, adv. *by chance.*
cāsus, -ūs, m. *chance.*
cătēna, -ae, f. *chain.*
căterva, -ae, f. *crowd, band of men.*
Căto, -ōnis, m. *Cato.*
cauda, -ae, f. *tail.*
causa, -ae, f. *cause, case.*
causā, adv. *for the sake of.*
cautè, adv. *carefully.*
căveo, cāvi, cautum, v. 2, *beware of.*
cēdo, cessi, cessum, v. 3, *go, yield.*
cĕlēbro, -āvi, -ātum, v. 1, *frequent, celebrate.*
cĕler, -ĕris, -ĕre, adj. *swift.*
cĕlĕrĭtas, -ātis, f. *swiftness.*
cĕlĕrĭter, adv. *quickly.*
cēlo, -āvi, -ātum, v. 1, *conceal.*
cena, -ae, f. *supper.*
Cennetus, -i, m. *Kenneth.*
ceno, -āvi, -ātum, v. 1, *sup.*
centaurus, -i, m. *centaur.*
Cĕres, -ĕris, f. *Ceres, goddess of agriculture.*
certāmen, -mĭnis, n. *contest.*
certè, adv. *certainly.*
certior factus, *informed,* lit. *made more certain.*
certo, -āvi, -ātum, v. 1, *strive, contend.*
certus, -a, -um, adj. *certain, sure.*
cervix, -īcis, f. *neck.*
cervus, -i, m. *stag.*

cesso, -āvi, -ātum, v. 1, *cease from, be inactive.*

cētĕri, -ae, -a, adj. *the others, the rest.*

chŏrus, -i, m. *dance, crowd, band.*

cĭbus, -i, m. *food.*

Cimbri, -orum, m. *The Cimbri.*

cingo, -xi, -nctum, v. 3, *surround.*

circum, adv. and prep. *around.*

circumdo, -dĕdi, -dătum, -dăre, v. 1, *set round.*

circumsto, -stĕti, v. 1, *stand round.*

cīvis, -is, c. *citizen.*   [*round.*

clādes, -is, f. *slaughter.*

clam, adv. *secretly.*

clāmĭto, -āvi, -ātum, v. 1. *cry aloud.*   [*out.*

clāmo, -āvi,-ātum, v. 1, *shout, cry*

clāmor, -ōris, m. *shout, cry.*

clangor, -ōris, m. *noise, clang.*

clārus, -a, -um, adj. *clear, bright, famous.*

claudo, -si, -sum, v. 3, *shut.*

claudus, -a, -um, adj. *lame.*

claustra, -orum, n. *barrier, dyke.*

clēmentia, -ae, f. *kindness.*

cliens, -entis, c. *dependant, patient.*

Clōdius, -ii, m. *Clodius.*

Cloelia, -ae, f. *Cloelia.*

coepi, v. *begin.*

coerceo, -cui, -cĭtum, v. 2, *check, restrain.*

coetus, -ūs, m. *assemblage, company.*

cognosco, -gnövi, -gnĭtum, v. 3, *find out, recognise.*

cŏgo, coēgi, coactum, v. 3, *gather, compel.*   [*hold fast.*

cŏhĭbeo, -ui, -ĭtum, v. 2, *check,*

cŏhortor, -āri, v. 1, dep. *encourage.*

collĭgo, -ēgi, -ectum, v. 3, *pick up, collect.*

collŏco, -āvi, -ātum, v. 1, *establish, put.*

collŏquor, -lŏcūtus, v. 3, dep. *converse, hold a conference with.*

collum, -i, n. *neck.*

cŏlo, -ui, cultum, v. 3, *cultivate, dwell.*

cŏlōnus, -i, m. *farmer.*

cŏlor, -ōris, m. *colour.*

cŏlumba, -ae, f. *pigeon.*

cŏma, -ae, f. *hair, leaf.*

cŏmes, -ĭtis, c. *companion, comrade.*

cŏmĭtas, -ātis, f. *courtesy.*

commeātus, -ūs, m. *provisions, supplies.*

commĕmŏro, -āvi, -ātum, v. 1, *relate.*

committo, -mīsi, -missum, v. 3, *intrust, begin, commit.*

commŏneo, -ui, -ĭtum, v. 2, *remind, impress upon.*

commŏveo, -mōvi, -mōtum, v. 2, *move violently, alarm.*

commūnĭco, -āvi, -ātum, v. 1, *share, impart.*

compleo, -ēvi, -ētum, v. 2, *fill.*

complūres, -a or -ia, adj. *several, many.*

concēdo, -cessi, -cessum, v. 3, *yield, grant.*

concha, -ae, f. *shell.*

conchȳlium, -ii, n. *oyster.*

concĭpio, -cēpi, -ceptum, v. 3, *take up, conceive, devise.*

concordia, -ae, f. *harmony, concord.*

concors, adj. *united, harmonious.*

concurro, -curri, -cursum, v. 3, *run together, assemble.*

condĭtio, -ōnis, f. *condition, terms.*

condo, -dĭdi, -dĭtum, v. 3, *found, store up.*

condōno, -āvi, -ātum, v. 1, *devote.*

confĭcio, -fēci, -fectum, v. 3, *wear out, overcome.*

confirmo, -āvi, -atum, v. 1, *strengthen.*

confligo, -flixi, -flictum, v. 3, *contend.*

conjicio, -jēci, -jectum, v. 3. *throw.*

conjungo, -nxi, -nctum, v. 3, *join.*

conjux, -jŭgis, c. *husband or wife.*

cōnor, -ātus, v. 1, dep. *attempt.*

conscendo, -di, -sum, v. 3, *climb up, mount, embark.*

consīdĕro, -āvi, -ātum, v. 1, *inspect, examine.*

consīdo, -sēdi, -sessum, v. 3, *sit down.*

consīlium, -ii, n. *plan, device, advice.*

consisto, -stĭti, -stĭtum, v. 3, *stand still, halt.*

consōlor, -ātus, v. 1, dep. *comfort, cheer.*

conspectus, -ūs, m. *sight.*

conspĭcio, -spexi, -spectum, v. 3, *see, espy.*

constans, adj. *firm.*

constanter, adv. *firmly, steadily.*

constantia, -ae, f. *firmness, perseverance.*

constĭtuo, -ui, -ūtum, v. 3, *determine, fix.*

constringo, -nxi, -nctum, v. 3, *tie up.*

consuetūdo, -ĭnis, f. *custom.*

consul, -is, m. *consul, chief magistrate.*

consūmo, -psi, -ptum, v. 3, *eat, destroy, spend.*

contemplor, -ātus, v. 1, dep. *observe, consider.*

contendo, -di, -tum, v. 3, *hasten, struggle.*

contentus, -a, -um, adj. *satisfied.*

contĭneo, -ui, -tentum, v. 2, *hold, keep back, bound.*

continuo, adv. *without interruption.*

contĭnuus, -a, -um, adj. *successive.*

contus, -i, m. *pole.*

convĕnio, -vēni, -ventum, v. 4, *come together, agree.*

convĕnit, v. impers. *it is agreed.*

conversus, part. *turned round.*

converto, -verti, -versum v. 3, *turn towards.*

convinco, -vīci, -victum, v. 3, *overcome.*

convīva, -ae, c. *guest.*

convŏco, -āvi, -ātum, v. 1, *assemble.*

coŏrior, coortus, v. 4, dep. *rise up.*

cōpia, -ae, f. sing. *plenty;* plur. *forces.*

cōpiōsus, -a, -um, adj. *abundant.*

cŏquo, coxi, coctum, v. 3, *cook, bake.*

cor, cordis, n. *heart.*

cōram, adv. and prep. *in presence of, openly.*

Cŏrinthius, -a, -um, adj. *Corinthian.*

cornĭger, -gĕra, -gerum, adj. *horned.*

cornu, -ūs, n. *horn.*

cŏrōna, -ae, f. *crown.*

corpus, -ŏris, n. *body.*

corrĭpio, -rĭpui, -reptum, v. 3, *snatch up, seize.*

corvus, -i, m. *raven.*

cŏthurnus, -i, m. *top-boot.*

cras, adv. *to-morrow.*

crēber, -bra, -brum, adj. *frequent.*

crēdĭbĭlis, -e, adj. *trustworthy.*

crēdo, -dĭdi, -dĭtum, v. 3, *believe, trust.*

creo, -āvi, -ātum, v. 1, *create, make.*

crĕpĭtus, -ūs, m. *rustling, pattering.*

cresco, crēvi, crētum, v. 3, *grow.*

crēta, -ae, f. *chalk.*

crīmen, -ĭnis, n. *charge, crime.*

crūdēlis, -e, adj. *cruel.*

crūdēlĭtas, -ātis, f. *harshness, cruelty.*
cruentus, -a, -um, adj. *bloody.*
cruor, -ōris, m. *gore, blood.*
crus, crūris, n. *leg.*
cŭbīle, -is, n. *bed.*
cŭbo, cŭbui, cŭbĭtum, v. 1, *lie down.*
culmen, -ĭnis, n. *top, roof.*
culpa, -ae, f. *fault.*
culpo, -āvi, -ātum, v. 1, *blame.*
culter, -tri, m. *knife, razor.*
cultus, -ūs, m. *cultivation.*
cum, prep. *with.*
Cūmae, -ārum, f. *Cumae.*
cūnae, -ārum, f. *cradle.*
cunctus, -a, -um, adj. *all in a body, the whole.*
cŭpĭdè, adv. *eagerly.*
cŭpīdo, -dĭnis, f. *desire.*

cŭpĭdus, -a, -um, adj. *eager.*
cŭpio, -īvi *or* -ii, -ītum, v. 3, *desire, wish.*
cur, adv. *why.*
cūra, -ae, f. *care.*
cūro, -āvi, -ātum, v. 1, *care, take care.*
curro, cŭcurri, cursum, v. 3, *run.*
currus, -ūs, m. *chariot.*
cursīto, -āvi, -ātum, v. 1, *run about.*
cursus, -ūs, m. *race, course.*
curvus, -a, -um, adj. *crooked, winding.*
custōdio, -īvi, -ītum, v. 4, *guard.*
custos, -ōdis, c. *guard, warder.*
cŭtis, -is, f. *skin.*
cygnus, -i, m. *swan.*
Cyprus, -i, f. *Cyprus.*

D

damno, -āvi, -ātum, v. 1, *con-demn.*
Dāni, -ōrum, m. *Danes.*
dăpes, -um, f. *feast.*
Dārīus, -ii, m. *Darius.*
dătus. *See* do.
dē, prep. *from, about, concerning.*
dea, -ae, f. *goddess.* [*ought.*
dĕbeo, -ui, -ĭtum, v. 2, *owe,*
dĕcem, adj. indecl. *ten.*
dĕcerto, -āvi, -ātum, v. 1, *strug-gle, contend.*
dĕcet, dĕcuit, v. 2, impers. *it is fitting.*
dēcĭdo, -cĭdi, v. 3, *fall down.*
dēcĭpio, -cēpi, -ceptum, v. 3, *deceive.*
dēdĕcus, -ŏris, n. *disgrace.*
dēdĭtio, -ōnis, f. *surrender.*
dēdo, -dĭdi, -dĭtum, v. 3, *sur-render, give up.*
dēdūco, -duxi, -ctum, v. 3, *escort, draw out, carry down.*

dēfāmo,-āvi, -ātum, v. 1. *soil, sully.*
dēfendo, -di, -sum, v. 3, *defend, protect, keep off.*
dēfĕro, dētŭli, dēlātum, deferre, v. 3, *carry down, report.*
dēfessus, -a, -um, adj. *weary.*
dēfĭcio, -fēci, -fectum, v. 3, *fail.*
dēfluo, -xi, -xum, v. 3, *flow by.*
dēformis, -e, adj. *ugly.*
dēformo, -āvi, -ātum, v. 1, *make ugly, spoil.*
dēgo, dēgi, v. 3, *spend, pass.*
dēhisco, -hīvi, 'v. 3, *yawn, gape.*
Dēĭănīra, -ae, f. *Deianira.*
deinde, adv. *then, next, after-wards.*
dējectus, part. *See* dējĭcio.
dējĭcio, -jēci, -jectum, v. 3, *throw down, dishearten.*
dēlecto, -āvi, -ātum, v. 1, *delight.*
dēleo, -ēvi, -ētum, v. 2, *destroy.*
dēlĭciae, -ārum, f. *treat.*
dēlictum, -i, n. *fault.*

dēlĭgo, -lēgi, -lectum, v. 3, *choose.*

dēlĭgo, -āvi, -ātum, v. 1, *bind.*

dēmitto, -mīsi, -missum, v. 3, *let down.*

dēmonstro, -āvi, -ātum, v. 1, *show.*

Dēmosthĕnes, -is, m. *Demosthenes.*

dēmum, adv. *at length.*

dēnārius, -ii, m. *a silver coin.*

dēnĭque, adv. *at last.*

dens, dentis, m. *tooth.*

densus, -a, -um, adj. *thick.*

dēpello, -pŭli, -pulsum, v. 3, *drive away, banish.*

dēpendeo, v. 2, *hang down.*

dēpĕreo, -ii, v. 4, *perish.*

deplōro, -āvi, -ātum, v. 1, *lament.*

dēpōno, -pŏsui, -pŏsitum, v. 3, *lay down, put aside.*

dēporto, -āvi, -ātum, v. 1, *carry down.*

dēprĕhendo, -di, -sum, v. 3, *seize upon, detect.*

dērīdeo, -rīsi, -rīsum, v. 2, *jeer.*

descendo, -di, -sum, v. 3, *descend, dismount, disembark.*

descensus, -ūs, m. *descent.*

dēsĕro, -rui, -rtum, v. 3, *desert, abandon.*

dēsertus, -a, -um, part. *deserted, desolate.*

dēsĭlio, -ĭlui, -ultum, v. 4, *jump down.*

dēsisto, -stĭti, -stĭtum, v. 3, *leave off, stop.*

despēro, -āvi, -ātum, v. 1, *despair of.*

despĭcio, -exi, -ectum, v. 3, *look down upon, disdain.*

destringo, -inxi, -ictum, v. 3, *draw, unsheath.*

dēsum, defui, v. *fail, be wanting.*

dēterreo, -ui, -ĭtum, v. 2, *deter, frighten.*

detrăho, -xi, -ctum, v. 3, *draw off, remove.*

dētrecto, -āvi, -ātum, v. 1, *decline, refuse.*

dēturbo, -āvi, -ātum, v. 1, *upset, throw down, drive away.*

deus, -i, m. *god.*

dēvius, -a, -um, adj. *out of the way, retired.*

dēvolvo, -vi, -ūtum, v. 3, *roll down.*

dēvŏro, -āvi, -ātum, v. 1, *eat, devour, consume.*

dēvŏveo, -vŏvi, -vōtum, v. 2, *devote.*

dextra, -ae, f. *right hand.*

Diāna, -ae, f. *Diana, goddess of hunting.*

dīco, -xi, -ctum, v. 3, *say.*

dies, -ei, m. *day.*

diffĭcĭlis, -e, adj. *difficult, ill-tempered.*

diffĭcultas, -ātis, f. *difficulty.*

diffŭgio, -fūgi, v. 3, *flee in different directions, scatter.*

dĭgĭtus, -i, m. *finger.*

dignĭtas, -ātis, f. *dignity, rank.*

dignus, -a, -um, adj. *worthy.*

dīlăcĕro, -āvi, -ātum, v. 1, *tear in pieces, wound.*

dīlănio, -āvi, -ātum, v. 1, *tear in pieces.*

dilĭgens, -tis, adj. *careful.*

dīlĭgenter, adv. *carefully.*

dīlĭgo, -lexi, -lectum, v. 3, *love.*

dīmitto, -mīsi, -missum, v. 3, *dismiss.*   [*asunder.*

dīreptus, -a, -um, part. *torn*

dīrĭgo, -rexi, -rectum, v. 3, *direct, guide.*

dīrĭpio, -ui, -eptum, v. 3, *tear asunder, ravage.*

dīrus, -a, -um, adj. *fearful.*

discēdo, -cessi, -cessum, v. 3, *depart from.*

discĭplīna, -ae, f. *discipline.*

discrimen, -ĭnis, n. *crisis.*

disjĭcio, -jēci, -jectum, v. 3, *disjoint, separate.*

dispōno, -pŏsui, -posĭtum, v. 3, *arrange, set in order.*

dispŭto, āvi, -ātum, v. 1, *argue.*

dissĭdeo, -ēdi, -essum, v. 2, *disagree.*

dissĭmĭlis, -e, adj. *unlike.*

distans, adj. *distant.*

diu, adv. *for a long while.*

diutius, adv. *for some time.*

dīvello, -velli, -vulsum, v. 3, *tear up.*

dīversus, -a, -um, adj. *different.*

dīves, adj. *rich.*

dīvĭdo, -vīsi, -vīsum, v. 3, *divide.*

dīvīnĭtus, adj. *miraculously.*

dīvīnus, -a, -um, adj. *divine.*

dīvĭtiae, -arum, f. *riches.*

dīvulgo, -āvi, -ātum, v. 1, *spread abroad, publish.*

do, dĕdi, dătum, v. 1, *give, offer.*

dŏceo, -cui, -ctum, v. 2, *teach, show, tell.*

dŏleo, -ui, -ĭtum, v. 2, *grieve for.*

dŏlor, -ōris, m. *grief, pain.*

dŏlus, -i, m. *deceit.*

dŏmestĭcus, -a, -um, adj. *domestic.*

dŏmi, *at home.*

dŏmĭnus, -i, m. *lord, master.*

dŏmo, -ui, -ĭtum, v. 1, *subdue, conquer.*

dŏmum, *home.*

dŏmus, -ūs, f. *house.*

dōno, -āvi, -ātum, v. 1, *give, present.*

dōnum, -i, n. *gift.*

dormio, -īvi *or* -ii, -ītum, v. 4, *sleep.*

dŭbius, -a, -um, adj. *doubtful;* sĭne dŭbio, *without doubt.*

dūco, -xi, -ctum, v. 3, *lead, marry (a wife).*

dulcis, -e, adj. *sweet.*

dum, conj. *while.*

duo, -ae, -o, adj. *two.*

duŏdĕcim, adj. indecl. *twelve.*

dūrus, -a, -um, adj. *hard.*

dux, dŭcis, c. *general.*

E

e, ex, prep. *out of, from.*

ēbrius, -a, -um, adj. *drunk.*

ĕbur, -ŏris, n. *ivory.*

ecce, adv. *see, behold.*

ĕchīnus, -i, m. *hedgehog.*

ĕdo, ēdi, ēsum, v. 3, *eat.*

ēdo, -dĭdi, -dĭtum, v. 3, *give forth, utter.*

Edvardus, -i, m. *Edward.*

effŏdio, -fōdi, -fossum, v. 3, *dig up.*

effŭgio, -fūgi, v. 3, *flee away, escape.*

effundo, -fūdi, -fūsum, v. 3, *upset, scatter, pour forth.*

effūsè, adv. *in different directions.*

ĕgēnus, -a, -um, adj. *poor.*

ĕgo, pron. *I.*

ĕgrĕdior, -gressus, v. 3, dep. *come out, disembark.*

egrĕgius, -a, -um, adj. *distinguished, excellent.*

ĕheu, adv. *alas!*

ējĭcio, -jēci, -jectum, v. 3, *drive out.*

ĕlĕphantus, -i, m. *elephant.*

ēlĭdo, -si, -sum, v. 3, *shatter.*

Elisabeta, -ae, f. *Elizabeth.*

ēlŭdo, -si, -sum, v. 3, *avoid, cheat.*

ēmergo, -si, -sum, v. 3, *come forth, emerge.*

ēmĭneo, -ui, v. 2, *stand out, project.*

ĕmo, ēmi, emptum, v. 3, *buy.*

en, adv. *see, behold.*

ĕnim, adv. *for.*

eo, adv. *thither.*

eo, īvi, ĭtum, v. *go.*

Ephĕsius, -a, -um, adj. *Ephesian.*

ĕpistŏla, -ae, f. *letter.*
ĕpŭlae, -arum, f. *feast.*
ĕquă, -ae, f. *mare.*
ĕques, -ĭtis, m. *knight, horseman.*
ĕquĭdem, adv. *indeed, certainly.*
ĕquīnus, -a, -um, adj. *horse.*
ĕquĭtātus, -ūs, m. *cavalry.*
ĕquĭto, -āvi, -ātum, v. 1, *ride.*
ĕquus, -i, m. *horse.*
ergā, prep. *towards.*
ergo, adv. *therefore.*
ēripio, -ĭpui, -eptum, v. 3, *snatch away.*
erro, -āvi, -ātum, v. 1, *wander, mistake.*
error, -ōris, m. *fault, mistake.*
ērumpo, -rūpi, -ruptum, v. 3, *break out.*
ēsŭrio, -īvi, -ītum, v. 4, *suffer hunger.*
et, conj. *and ;* et...et, *both...and.*
ĕtiam, conj. *also, even.*
etsi, conj. *although.*
ēvādo, -si, -sum, v. 3, *turn out, escape.*
ēvānesco, -nui, v. 3, *vanish away.*
ēvello, -velli, -vulsum, v. 3, *pull out.*
ēvĕnio, -vēni, -ventum, v. 4, *happen.*
ēveutus, -ūs, m. *occurrence, result.*
ēvŏlo, -āvi, -ātum, v. 1, *fly out, rush forth.*
exanĭmis, -e, adj. *lifeless.*
exănĭmus, -a, -um, adj. *lifeless.*
excēdo, -cessi, -cessum, v. 3, *depart, withdraw.*
excĭpio, -cēpi, -ceptum, v. 3, *catch, come next to, interrupt.*
excĭto, -āvi, -ātum, v. 1, *arouse.*

exclāmo, -āvi, -ātum, v. 1, *cry out.*
exclūdo, -si, -sum, v. 3, *shut out, hatch.*
excŭbiae, -arum, f. *watch.*
exemplum, -i, n. *example.*
exeo, -īvi *or* -ii, -ītum, -īre, v. 4, *go out.*
exerceo, -ui, -ĭtum, v. 2, *vex, exercise.*
exercĭtus, -ūs, m. *army.*
exĭguus, -a, -um, adj. *small, scanty.* [*out.*
exĭmo, -ēmi, -emptum, v. 3, *take*
existĭmo, -āvi, -ātum, v. 1, *think.*
exĭtium, -ii, n. *destruction.*
experrectus, -a, -um, part. *awakened.*
expers, adj. *without, free from.*
explĭco, -āvi *or* -ui, -ātum *or* -ĭtum, v. 1, *explain.*
explōro, -āvi, -ātum, v. 1, *examine, explore.* [*squeeze.*
exprimo, -pressi, -pressum, v. 3,
exquīro, -sīvi, -sītum, v. 3, *search for, seek out.*
exsilio, -ui, v. 4, *jump forth.*
exsĭlium, -ii, n. *place of exile.*
exsolvo, -solvi, -sŏlūtum, v. 3, *pay.*
exspecto, -āvi, -ātum, v. 1, *expect, wait for.*
exspīro, -āvi, -ātum, v. 1, *breathe one's last, die.*
exsul, -ŭlis, c. *wanderer, exile.*
exsŭpĕro, -āvi, -ātum, v. 1, *overcome.*
extemplo, adv. *immediately.*
extra, adv. and prep. *outside, without.*
extrăho, -xi, -ctum, v. 3, *drag out.*
extrūdo, -si, -sum, v. 3, *thrust out.*
exuo, -i, -tum, v. 3, *take off.*

F

fābŭla, -ae, f. *story.*
făcĭlè, adv. *easily.*

făcĭlis, -e, adj. *easy.*
făcĭnus, -ĭnŏris, n. *crime.*

făcio, fēci, factum, v. 3, *make, do;*
facere naufragium, *to be ship-*
wreckcd.
factum, -i, n. *act.* [*clude.*
fallo, fĕfelli, falsum, v. 3, *deceive,*
falsus, -a, -um, adj. *false, deceived.*
fāma, -ae, f. *report.*
fāmes, -is, f. *hunger, famine.*
fārīna, -ae, f. *flour.*
fastĭdium, -ii, n. *dislike, pride.*
fātālis, -e, adj. *fated, fateful.*
fātum, -i, n. *fate.*
fauces, -ium, f. *throat.*
făveo, fāvi, fautum, v. 2, *favour.*
fax, făcis, f. *torch.*
fĕfelli. *See* fallo.
fēles, -is, f. *cat.*
fēmĭna, -ae, f. *woman.*
fĕnestra, -ae, f. *window.*
fēnum, -i, n. *hay.*
fĕra, -ae, f. *wild beast.*
fĕrè, adv. *almost.*
fēriae, -arum, f. *festival.*
fĕrio, ire, v. 4, *strike.* [*carry.*
fĕro, tŭli, lātum, ferre, v. *bear,*
fĕrox, -ōcis, adj. *fierce, savage.*
ferreus, -a, -um, adj. *iron.*
ferrum, -i, n. *iron, sword.*
fertĭlis, -e, adj. *fertile.*
fĕrus, -a, -um, adj. *wild.*
fervĭdus, -a, -um, adj. *burning,*
hot.
fessus, -a, -um, adj. *tired.*
festus, -a, -um, adj. *festal.*
fībŭla, -ae, f. *buckle, button.*
fictus, -a, -um, adj. *feigned, false.*
fīdēlis, -e, adj *trusty, faithful.*
fīdes, -ei, f. *faith, promise, credit.*
fīdo, fīsus, v. 3, *trust.*
Fīdo, -ōnis, m. *Fido.*
fīdus, -a, -um, adj. *faithful.*
Fĭgŭlus, -i, m. *Figulus.*
fĭgūra, -ae, f. *form, figure.*
fīlia, -ae, f. *daughter.*
fīlius, -ii, m. *son.*
fīmus, -i, m. *dung.* [*divide.*
findo, fĭdi, fissum, v. 3, *split,*

fingo, finxi, fictum, v. ·3, *form,*
invent, fashion, build.
fīnio, -īvi or -ii, -ītum, v. 4, *finish.*
fīnis, -is, m. *end, land, boundary.*
fīnĭtĭmus, -a, -um, adj. *neighbour-*
ing, near.
fio, factus, v. *be made, become.*
firmĭter, adv. *firmly.*
firmus, -a, -um, adj. *firm.*
fistŭla, -ae, f. *pipe.*
flamma, -ae, f. *flame.*
flecto, -xi, -xum, v. 3, *bend.*
Florus, -i, m. *Florus.*
flos, flōris, m. *flower.*
fluctus, -ūs, m. *wave.*
flūmen, -ĭnis, n. *river.*
fluo, -xi, -xum, v. 3, *flow.*
fŏcus, -i, m. *hearth.*
fŏdio, fōdi, fossum, v. 3, *dig.*
foedus, -a, -um, adj. *filthy, hor-*
fŏlium, -ii, n. *leaf.* [*rible.*
fŏras, adv. *out-of-doors.*
fŏris, adv. *out-of-doors.*
fŏres, -um, f. *door.*
forma, -ae, f. *form, figure.*
formīca, -ae, f. *ant.*
formīdo, -ĭnis, f. *fear, dread.*
formōsus, -a, -um, adj. *beautiful.*
forte, adv. *by chance.*
fortis, -e, adj. *strong, brave.*
fortĭtūdo, -ĭnis, f. *courage.*
fortūna, -ae, f. *fortune.*
fortūnātus, -a, -um, adj. *fortu-*
nate, lucky.
fŏrum, -i, n. *market-place.*
fossa, -ae, f. *ditch.*
fŏveo, fōvi, fōtum, v. 2, *cherish.*
frăgor, -ōris, m. *splash, noise,*
crash.
frango, frēgi, fractum, v. 3, *break.*
frāter, -tris, m. *brother.*
fraus, fraudis, f. *deceit.*
Frederĭcus, -i, m. *Frederick.*
frĕmĭtus, -ūs, m. *growling.*
frĭgĭdus, -a, -um, adj. *cold.*
frons, frondis, f. *leaf.*
frons, frontis f. *forehead.*

frūgālis, -e, adj. *thrifty.*
frūges, -um, f. *fruits.*
frustra, adv. *in vain.*
frustum, -i, n. *bit, piece.*
fŭga, -ae, f. *flight.*
fŭgiens, -entis, adj. *flying.*
fŭgio, fūgi, fŭgĭtum, v. 3, *fly.*
fŭgĭtīvus, -i, m. *fugitive, run-away slave.*
fŭgo, -āvi, -ātum, v. 1, *put to flight.*
fulcio, fulsi, fultum, v. 4 *prop up, support.*
fulgens, adj. *glittering.*
fulgeo, fulsi, v. 2, *glitter.*
fultus, part. *See* fulcio.
Fulvia, -ae, f. *Fulvia.*

Fulvius, -ii, m. *Fulvius.*
fūnēbris, -e, adj. *funereal.*
fundĭtor, -ōris, m. *slinger.*
fundo, fūdi, fūsum, v. 3, *pour, produce, rout.*
fundus, -i, m. *farm.*
fungor, functus, v. 3, dep. *perform.*
fūnis, -is, m. *rope.*
fūr, fūris, m. *thief.*
fūrens, adj. *furious, maddened.*
fŭriōsus, -a, -um, adj. *raging.*
fŭror, -ōris, m. *madness, frency.*
furtim, adv. *stealthily.*
furtum, -i, n. *theft.*
fuscus, -a, -um, adj. *dark, dusky, swarthy.*

G

gălea, -ae, f. *helmet.*
Gallia, -ae, f. *Gaul.*
Gallĭcus, -a, -um, adj. *Gallic.*
gallīna, -ae, f. *hen.*
Gallus, -i, m. *a Gaul.*
gallus, -i, m. *cock.*
garrulus, -a, -um, adj. *chattering, prattling.*
gaudeo, gāvīsus, v. 2, *rejoice.*
gaudium, -ii, n. *joy.*
Gelertus, -i, m. *Gelert (name of a hound).*
Gellius, -ii, m. *Gellius.*
gĕlu, -ūs, n. *frost.*
gĕmĭtus, -ūs, m. *groan.*
gemma, -ae, f. *jewel.*
gĕnă, -ae, f. *cheek.*
gĕnĕrōsus, -a, -um, adj. *well-born.*
gens, gentis, f. *race.*
gĕnus, gĕnĕris, n. *birth, race.*
Germānia, -ae, f. *Germany.*
gĕro, gessi, gestum, v. 3, *wear, manage, carry on.*
gestus, part. *See* gero.

gestus, -ūs, m. *gesture.*
gĭgas, -antis, m. *giant.*
gigno, gĕnui, gĕnitum, v. 3, *produce.*
glădius, -ii, m. *sword.*
glans, -dis, f. *acorn.*
glaucus, -a, -um, adj. *grey.*
Glaucus, -i, m. *Glaucus.*
glōria, -ae, f. *renown.*
glōriosus, -a, -um, adj. *boastful.*
Godīva, -ae, f. *Godiva.*
grăcĭlis, -e, adj. *slender, graceful.*
Graecus, -a, -um, adj. *Grecian.*
grāmen, -ĭnis, n. *grass.*
grandis, -e, adj. *large, big.*
grando, -ĭnis, f. *hail.*
grānum, -i, n. *grain, seed.*
grātia, -ae, sing. *favour;* plur. *thanks;* agere gratias, *to thank.*
grātus, -a, -um, adj. *pleasing, thankful.*
grăvis, -e, adj. *heavy, painful, important.*
grăvĭter, adv. *severely.*

grĕmium, -ii, n. *bosom.*
gressus, -ūs, m. *step, course.*
grex, grĕgis, m. *flock.*
gurges, -ĭtis, m. *whirlpool, abyss.*

gusto, -āvi, -ātum, v. 1, *taste.*
guttur, -ŭris, n. *throat.*
Gyges, -is, m. *Gyges.*

H

hăbēna, -ae, f. *rein.*
hăbeo, -ui, -ĭtum, v. 2, *have, hold, esteem, consider.*   [*inhabit.*
hăbĭto, -āvi, -ātum, v. 1, *dwell,*
haereo, haesi, haesum, v. 2, *stick, be in difficulties.*
haesĭto, -āvi, -ātum, v. 1, *hesitate.*
Hamilina, f. *Hamilina.*
hāmus, -i, m. *hook.*
haud, adv. *not.*
haudquāquam, adv. *by no means.*
haurio, hausi, haustum, v. 4, *drain, swallow.*
haustus, -ūs, m. *draught.*
Henrīcus, -i, m. *Henry.*
Hercle, *by Hercules.*
Hercŭles, -is, m. *Hercules.*
hĕrī, adv. *yesterday.*
hiātus, -us, m. *gaping, aperture, cleft.*
Hībernia, -ae, f. *Ireland.*
hic, haec, hoc, pron. *this;* hic ille, *the former, the latter.*
hic, adv. *here, on this side.*
hiems, -ĕmis, f. *winter.*
hinc, adv. *hence;* hinc illinc, *on this side and on that.*
hĭrundo, -ĭnis, f. *swallow.*
Hispānia, -ae, f. *Spain.*
Hispānus, -a, -um, adj. *Spanish.*
hŏdĭe, adv. *to-day.*
hŏmo, -ĭnis, m. *man.*

hŏnestus, -a, -um, adj. *honourable, virtuous.*
hŏnor, -ōris, m. *office, honour.*
hōra, -ae, f. *hour.*
hordeum, -i, n. *barley.*
horrendus, -a, -um, adj. *dreadful.*
horreo, v. 2, *bristle, shudder.*
horreum, -i, n. *barn.*
horrĭbĭlis, -e, adj. *fearful.*
horrĭsŏnus, -a, -um, adj. *with terrific sound, fearful.*
horror, -ōris, m. *shivering, dread.*
hortor, -ātus, v. 1, dep. *cheer, exhort.*
hortus, -i, m. *garden.*
hospes, -ĭtis, c. *guest* or *host.*
hospĭtium, -ii, n. *hospitality.*
hostis, -is, c. *enemy.*
Hubertus, -i, m. *Hubert.*
huc, adv. *hither.*
hūmānitas, -ātis, f. *politeness, refinement.*
hūmānus, -a, -um, adj. *human.*
hŭmĕrus, -i, m. *shoulder.*
hŭmi, adv. *on the ground.*
hŭmĭlis, -e, adj. *lowly, humble.*
hŭmĭlĭter, adv. *humbly.*
hŭmus, -i, f. *ground.*
hyaena, -ae, f. *hyaena.*
hydra, -ae, f. *hydra.*

I

ĭbi, adv. *there.*
ĭbĭdem, adv. *in the same spot.*
Icēni, -ōrum, m. *Iceni.*

ictus, -ūs, m. *blow.*
īdem, ĕădem, ĭdem, pron. *the same.*

ĭdōneus, -ea, -eum, adj. *fit.*
ĭgĭtur, adv. *therefore.*
ignārus, -a, -um, adj. *unacquainted with.*
ignāvus, -a, -um, adj. *idle.*
ignis, -is, m. *fire.*
ignōro, -āvi, -ātum, v. 1, *be ignorant.*
ignōtus, -a, -um, adj. *unknown.*
ille, -a, -ud, pron. *he, she, it, that.*
illīc, adv. *there, on that side.*
illīco, adv. *on the spot, instantly.*
illīdo, -si, -sum, v. 3, *strike or dash against.*
illinc, adv. *thence, on that side.*
illuc, adv. *thither.*
ĭmāgo, -ĭnis, f. *copy, likeness, reflection.*
imber, -ris, m. *shower.*
ĭmĭtor, -ātus, v. 1, dep. *copy, counterfeit.*
immānis, -e, adj. *huge, vast, monstrous.*
immĕmor, -ŏris, adj. *forgetful, regardless.*
immensus, -a, -um, adj. *boundless.*
immĭneo, v. 2, *hang over, impend.*
impĕdĭo, -īvi, -ītum, v. 4, *hinder.*
impendeo, v. 2, *overhang.*
impensa, -ae, f. *outlay, expense.*
impĕrātor, -ōris, m. *commander, general.*
impĕrātum, -i, n. *command, orders.*
impĕrītus, -a, -um, adj. *unskilled.*
impĕrium, -ii, n. *power, authority.*
impĕro, -āvi, -ātum, v. 1, *order, impose.*
impetro, -āvi, -ātum, v. 1, *obtain.*
impĕtus, -ūs, m. *attack, rush.*
impiè, adv. *wickedly, impiously.*
impĭger, -gra, -grum, adj. *active.*
impius, -a, -um, adj. *wicked, impious.*

impleo, -plēvi, -plētum, v. 2, *fill up.*
implĭco, -āvi, -ātum, v. 1, *entangle, involve.*
impōno, -pŏsui, -pŏsitum, *place upon, set over, impose.*
imprŏbus, -a, -um, adj. *wicked, naughty.* [dent.
imprŏvĭdus, -a, -um, adj. *imprŏvīso, adv. suddenly, unexpectedly;* de improviso, *unexpectedly.*
imprŭdens, adj. *not foreseeing, unintentional.*
impŭdens, adj. *shameless, impudent.*
impŭdentia, -ae, f. *shamelessness.*
impūne, adv. *without punishment, uninjured.*
īmus, -a, -um, adv. *lowest;* ima vallis, *the bottom of the valley.*
in, prep. (1) with acc. *to, into, against ;* (2) with abl. *in.*
incautè, adv. *heedlessly.*
incautus, -a, -um, adj. *heedless, off one's guard.*
incēdo, -cessi, -cessum, v. 3, *march, advance.*
inceudium, -ii, n. *conflagration.*
incendo, -di, -sum, v. 3, *set on fire, kindle.*
incertus, -a, -um, adj. *uncertain.*
incĭdo, -cĭdi, -cāsum, v. 3, *fall into.*
incĭpĭo, -cēpi, -ceptum, v. 3, *begin.*
incĭto, -āvi, -ātum, v. 1, *urge, rouse.*
incŏla, -ae, c. *inhabitant.*
incŏlo, -lui, v. 3, *dwell in, inhabit.*
incŏlŭmis, -e, adj. *safe.*
increpo, -ui, -ĭtum, v. 1, *rebuke, upbraid.*
incultus, -a, -um, adj. *uncultivated.*
incursio, -ōnis, f. *raid, inroad.*

incūso, -āvi, -ātum, v. 1, *accuse.*
incŭtio, -cussi, -cussum, v. 3, *strike against.*
indè, adv. *thence, thereupon.*
indĭcium, -ii, n. *evidence, sign, token.*
indĭco, -āvi, -ātum, v. 1, *reveal.*
indoctus, -a, -um, adj. *untaught, ignorant.*
indūco, -xi, -ctum, v. 3, *persuade, lead in.* [*persuaded.*
inductus (part. *from* induco),
indulgeo, -si, -tum, v. 2, *indulge.*
induo, -ui, -ūtum, v. 3, *put on, dress oneself in.*
Indus, -a, -um, adj. *Indian.*
industria, -ae, f. *diligence;* de industria, *on purpose.*
indūtus, part. *See* induo.
ĭneo, -ivi *or* -ii, -ĭtum, v. 4, *enter, devise.*
ĭneptus, -a, -um, adj. *senseless.*
infans, -tis, c. *child, infant.*
infēlix, adj. *unfortunate, unhappy.*
infērior, comp. adj. *lower.*
infērus, -a, -um, adj. *underneath, lower.*
infesto, -āvi, -ātum, v. 1, *haunt, infest.*
infĭcio, -fēci, -fectum, v. 3, *stain, corrupt.*
infĭdēlis, -e, adj. *faithless.*
infirmus, -a, -um, adj. *feeble.*
informis, e, adj. *misshapen, hideous.*
ingĕmĭno, -āvi, -ātum, v. 1, *redouble, repeat.*
ĭngĕnium, -ii, n. *character, abilities.*
ingens, adj. *huge, vast.*
ingĕnuus, -a, -um, adj. *frank.*
ingrātus, -a, -um, adj. *unpleasant, thankless.*
ingrĕdior, -gressus, v.3, dep. *enter.*
inhŏnestus, -a, -um, adj. *dishonourable.*

inhospĭtālis, -e, adj. *inhospitable.*
ĭnĭmīcus, -a, -um, adj. *hostile;* subs. *a foe.*
ĭnīquus, -a, -um, adj. *uneven, unfair, wicked.*
injĭcio, -jēci, -jectum, v. 3, *put into, insert.*
injūria, -ae, f. *a wrong.*
inŭŏcens, adj. *guiltless, harmless.*
innŭmĕrābĭlis, -e, adj. *countless.*
ĭnŏpia, -ae, f. *want, scarcity.*
ĭnŏpīnātus, -a, -um, adj. *unexpected.*
inquit, v. *he says.*
inruo, -ui, v. 3, *rush in.*
insānus, -a, -um, adj. *mad, frantic.*
iusciius, -a, -um, adj. *ignorant of.*
inscrībo, -psi, -ptum, v. 3, *write upon.*
insĕro, -sĕrui, -sertum, v. 3, *introduce.*
insertus, part. *See* insero.
insĭdiae, -ārum, f. *ambush, plot, artifice.*
insīdo, -sēdi, -sessum, v. 3, *settle on.*
insignis, -e, adj. *distinguished, striking.*
insisto, -stĭti, v. 3, *stand upon, press upon.*
instĭtuo, -ui, -ūtum, v. 3, *begin, arrange, resolve.*
insto, -stĭti, v. 1, *approach, be present, press upon.*
insuetus, -a, -um, adj. *unusual.*
insŭla, -ae, f. *island.*
intĕger, -gra, -grum, adj. *fresh, sound, untouched, unbroken.*
intelllĭgo, -lexi, -lectum, v. 3, *perceive, understand.*
inter, prep. *between, among.*
interclūdo, -ūsi, -ūsum, v. 3, *shut up, cut off.*
interclusus, part. *See* intercludo.

interdīco, -dixi, -dictum, v. 3, *forbid, exclude.*
interdum, adv. *sometimes.*
intĕrĕā, adv. *meanwhile.*
interfectus, part. *See* interfĭcio.
interfĭcio, -fēci, -fectum, v. 3, *kill, destroy.*
intĕrior, comp. adj. *inner.*
intermitto, -mīsi, -missum, v. 3, *leave off.*
interpōno, -pŏsui, -pŏsĭtum, v. 3, *place between.*
interrŏgo, -āvi, -ātum, v. 1, *question.*
interrumpo, -rūpi, -ruptum, v. 3, *break up, break off.*
intervallum, -i, n. *space between, interval.*
intrā, prep. *within.*
intro, -āvi, -ātum, v. 1, *enter.*
ĭnundo, -āvi, -ātum, v. 1, *overflow, inundate.*
ĭnūtĭlis, -e, adj. *useless.*
invĕnio, -vēni, -ventum, v. 4, *find.*
inventor, -ōris, *contriver, inventor.*

invĭcem, adv. *in turn, alternately.*
invĭdeo, -vīdi, -vīsum, v. 2, *envy.*
invĭdia, -ae, f. *envy, hatred.*
invītus, -a, -um, adj. *unwilling, reluctant.*
invŏco, -āvi, -ātum, v. 1, *call upon, invoke.*
Iŏlē, -ës, f. *Iole.*
ipsĕ, -a, -um, pron. *self.*
īra, -ae, f. *anger.*
īrācundus, -a, -um, adj. *passionate.*
īrascor, irātus, v. 3, dep. *be angry.*
īrātus, -a, -um, adj. *angry.*
irrĭtus, -a, -um, adj. *unsuccessful.*
irrumpo, -rūpi, -ruptum, v. 3, *burst into.*
irruo, -rui, v. 3, *rush in.*
is, ea, id, pron. *he, she, it, that.*
istĕ, ista, istud, pron. *that near you.*
ĭtă, adv. *so, thus.*
Itălia, -ae, f. *Italy.*
ĭtăquĕ, conj. *therefore.*
ĭter, ĭtĭnĕris, n. *journey, road.*
ĭtĕrum, adv. *again.*

J

jăceo, -ui, -ĭtum, v. 2, *lie.*
jăcio, jēci, jāctum, v. 3, *throw.*
Jacōbus, -i, m. *James.*
jacto, -āvi, -ātum, v. 1, *toss about, boast.*
jăcŭlum, -i, n. *dart.*
jam, adv. *now, already.*
jamdūdum, adv. *for a long while.*
jamque, adv. *and now.*
jējūnus, -a, -um, adj. *hungry.*
jŏcōsus, -a, -um, adj. *witty,*
jŏcus, -i, m. *jest.* [*funny.*
Johannes, -is, m. *John.*
jŭbeo, jussi, jussum, v. 2, *order.*
jūcundus, -a, -um, adj. *pleasant.*

jūdex, -ĭcis, c. *judge.*
jūdĭco, -āvi, -ātum, v. 1, *judge.*
jŭgum, -i, n. *yoke.*
Jūlius, -ii, m. *Julius.*
jūmentum, -i, n. *beast of burden.*
jungo, -xi, -ctum, v. 3, *join, yoke, cross.*
jūris-consultus, -i, m. *lawyer.*
jus, jūris, n. *law, right.*
jus, jūris, n. *soup.*
jussus, -ūs, m. *command.*
justa, -ōrum, n. *funeral rites.*
justus, -a, -um, adj. *just.*
jŭvĕnis, -ĭs, m. *youth, young man.*
jŭvo, jūvi, jūtum, v. 1, *help.*
juxta, adv. and prep. *near.*

L

lăbor, -ōris, m. *labour, toil.*

lābor, lapsus, v. 3, dep. *glide, slip.*

lăbōro, -āvi, -ātum, v. 1, *work, toil.*

labrum, -i, n. *lip.*

lac, lactis, n. *milk.*

lacrĭma, -ae, f. *tear.*

lăcus, ūs, m. *lake.*

laetĭtia, -ae, f. *joy.*

laetus, -a, -um, adj. *joyful.*

lambo, -bi, -bĭtum, v. 3, *lick.*

languĭdus, -a, -um, adj. *faint, languid.*

lăpis, -ĭdis, m. *stone.*

lătebrae, -ārum, f. *hiding-place.*

lăteo, -ui, v. 2, *lie hid.*

Lătīnus, -a, -um, adj. *Latin.*

latrātus, -ūs, *barking.*

latro, -ōnis, m. *robber.*

lātus, -a, -um, adj. *broad.*

lătus, -ĕris, n. *side.*

laudo, -āvi, -ātum, v. 1, *praise.*

laus, laudis, f. *praise.*

lăvo, { lāvāvi, lāvi, } { lautum, lavātum, lōtum, } v. 1, *wash, bathe.*

laxó, -āvi, -ātum, v. 1, *unloose, relax.*

lectus, -i, m. *bed, couch.*

lēgātus, -i, m. *officer.*

lĕgo, lēgi, lectum, *collect, choose, read.*

lēnio, -īvi or -ii, -ītum, v. 4, *soften.*

lēnis, -e, adj. *soft, smooth, mild.*

leo, -ōnis, m. *lion.*

lēvis, -e, adj. *smooth.*

lĕvis, -e, adj. *light.*

lēvĭter, adv. *lightly.*

lĕvo, -āvi, -ātum, v. 1, *lighten.*

lex, lēgis, f. *law.*

lĭbenter, adv. *freely, gladly.*

lĭbĕrālĭtas, -ātis, f. *liberality.*

lībĕri, -ōrum, m. *children.*

lībĕro, -āvi, -ātum, v. 1, *free.*

lībertas, -ātis, f. *liberty.*

lībum, n. *cake.*

Lĭbya, -ae, f. *Libya.*

lĭcet, -cuit, -cĭtum, v. 2, impers. *it is allowed.*

lictor, -ōris, m. *lictor, the consul's servant.*

ligneus, -a, -um, adj. *wooden.*

lignum, -i, n. *wood.*

līmen, -ĭnis, n. *threshold.*

līmus, -i, m. *mud.*

lingua, -ae, f. *tongue.*

lĭnum, -i, n. *linen.*

littĕra, -ae, f. *letter.*

lītus, -ōris, n. *shore.*

lŏco, -āvi, -ātum, v. 1, *place.*

lŏcŭli, -ōrum, m. *purse.*

lŏcus, -i, m. *place.*

Londinium, -ii, n. *London.*

longè, adv. *far.*

longus, -a, -um, adj. *long.*

lŏquax, adj. *talkative.*

lŏquor, lŏcūtus, v. 3, dep. *speak.*

Loxias, -ae, m. *Loxias.*

lūbrĭcus, -a, -um, adj. *slippery.*

lūcerna, -ae, f. *lamp.*

Lucius, -ii, m. *Lucius.*

luctŏr, luctatus, v. 1, dep. *struggle.*

lūdĭbrium, -ii, n. *jest, mockery.*

lūdo, -si, -sum, v. 3, *play, gamble.*

Ludovicus, -i, m. *Louis.*

lūdus, -i, m. *game, sport, school.*

lūmen, -ĭnis, n. *light.*

lūna, ae, f. *moon.*

lŭpus, -i, m. *wolf.*

lustro, -āvi, -āre, v. 1, *observe, wander over.*

lŭtum, -i, n. *mud.*

lux, lūcis, f. *light.*

luxus, -ūs, m. *luxury.*

Lȳcus, -i, m. *Lycus.*
Lȳdon, -ōnis, m. *Lydon.*

lȳra, -ae, f. *lyre.*
Lysander, -dri, m. *Lysander.*

M

Măcĕdo, -ŏnis, m. *Macedonian.*
macte (virtute), *a blessing on your virtue.*
macto, -āvi, -ātum, v. 1, *sacrifice.*
măcŭlo, -āvi, -ātum, v. 1, *spot, stain.*
mădĕfăcio, -fēci, -factum, v. 3, *wet.*
maestus, -a, -um, adj. *sad, sorrowful.*
măgĭcus, -a, -um, adj. *magic.*
măgis, adv. *rather, more.*
măgister, -tri, m. *master.*
măgistrātus, -ūs, m. *magistrate.*
magnĭfĭcus, -a, -um, adj. *magnificent, honourable.*
magnĭtūdo, -ĭnis, f. *size, greatness.*
magnŏpĕre, adv. *greatly.*
magnus, -a, -um, adj. *great.*
mājestas, -ātis, f. *dignity.*
mājor, mājŭs, adj. *greater, older.*
mălĕ, adv. *badly;* male parere, *disobey.* [*ill of.*
mălĕdīco, -xi, -ctum, v. 3, *speak*
mălignus, -a, -um, adj. *ill-natured, malicious.*
mălo, mălui, v. *prefer.*
mālum, -i, n. *apple.*
mālum, -i, n. *evil.*
mălus, -a, -um, adj. *bad.*
mandātum, -i, n. *command.*
mando, -āvi, -ātum, v. 1, *commit.*
mānĕ, adv. *in the morning.*
măneo, -nsi, -nsum, v. 2, *remain*
mănĭfestus, -a, -um, adj. *unmistakable.*
mansuetūdo, -dĭnis, f. *clemency.*
mănus, -ūs, f. *hand, band.*
măre, -is, n. *sea.*
margo, -ĭnis, c. *edge, shore.*
mărīnus, -a, -um, adj. *sea.*

mărĭtĭmus, -a, -um, adj. *sea.*
massa, -ae, f. *mass, lump.*
māter, -tris, f. *mother.* [*wedlock.*
mātrĭmōnium, -ii, n. *marriage,*
mātūrus, -a, -um, adj. *early, ripe.*
maxĭmĕ, adv. *certainly, very greatly, especially.*
mĕdĭcus, -i, m. *doctor.*
mĕdius, -a, -um, adj. *middle.*
mĕlior, -us, comp. *of* bonus.
mĕmbrum, -bri, n. *limb.*
mĕmĭni, v. *remember.*
mĕmor, -ŏris, adj. *mindful.*
mĕmŏria, -ae, f. *memory.*
mens, mentis, f. *mind.*
mensa, -ae, f. *table.*
mensis, -is, m. *month.*
mentum, -i, n. *chin.*
mercātor, -ōris, m. *merchant.*
merces, -ēdis, f. *wages, reward,*
Mercŭrius, -ii, m. *Mercury.* [*fee.*
mĕreo, -ui, -ĭtum, v. 2, *deserve.*
mergo, -si, -sum, v. 3, *dip, plunge.*
mĕrĭto, adv. *deservedly.*
messis, -is, f. *harvest.*
mĕta, -ae, f. *goal, target.*
mĕtus, -ūs, m. *fear, dread.*
meus, -a, -um, poss. pron. *my, mine.*
Mĭdas, -ae, m. *Midas.*
mĭgro, -āvi, -ātum, v. 1, *remove, emigrate, depart.*
mīles, -ĭtis, c. *soldier.*
mĭlĭtaris, -e, adj. *military.*
mille, adj. *thousand.*
millia, -ium, n. *thousands.*
mĭna, -ae, f. *a small silver coin.*
mĭnae, -ārum, f. *threats.*
Mĭnerva, -ae, f. *Minerva, goddess of wisdom.*

mĭnĭmē, adv. *by no means.*
mĭnistro, -āvi, -ātum, v. 1, *attend, wait upon.*
mĭnor, -ātus, v. 1, dep. *threaten.*
mĭnuo, -ui, -ūtum, v. 1, *lessen, diminish.*
mĭnus, adv. *less, not at all.*
mīrābĭlis, -e, adj. *wonderful.*
mīrācŭlum, -i, n. *wonder, miracle.*
mīror, -ātus, v. 1, dep. *wonder, admire.*
mīrus, -a, -um, adj. *wonderful.*
misceo, -cui, mistum *or* mixtum, v. 2, *mix.*
mĭser, -ĕra, -ĕrum, adj. *wretched.*
mĭsĕrē, adv. *miserably, sadly.*
mĭsĕret, v. 2, impers. *it distresses me, (I) feel pity.*
mĭsĕrĭcordia, -ae, f. *pity, compassion.*
mĭsĕrĭtus, -a, -um, part. *pitying.*
mĭtesco, v. 3, *grow gentle, soften.*
mītĭgo, -āvi, -ātum, v. 1, *soften.*
mitto, mīsi, missum, v. 3, *send.*
mŏdĭcē, adv. *moderately.*
mŏdĭcus, -a, -um, adj. *moderate.*
mŏdo, adv. *only, at one time, at another.*   [*mode.*
mŏdus, -i, m. *manner, measure.*
mŏlestus, -a, -um, adj. *troublesome.*
mollis, -e, adj. *soft.*
mŏneo, -ui, -ĭtum, v. 2, *warn, advise.*
mons, montis, m. *mountain, hill.*
monstrum, -i, n. *monster.*
montānus, -a, -um, adj. *mountain.*

mŏra, -ae, f. *delay.*
morbus, -i, m. *sickness, disease.*
Morcius, -ii, m. *Morcius.*
mordeo, mōmordi, morsum, v. 3, *bite.*
mŏrĭbundus, -a, -um, adj. *dying.*
mŏrior, mortuus, v. 3, *die.*
mŏror, -ātus, v. 1, *delay.*
mors, mortis, f. *death.*
mortālis, -e, adj. *deadly.*
mortĭfer, -fĕra, -fĕrum, adj. *deadly.*
mortuus, -a, -um, adj. *dead.*
mos, mōris, m. *manner;* in plur. *manners, conduct.*
mōtus, -ūs, m. *motion.*
mōtus, -a, -um, adj. *moved, aroused.*
mŏveo, mōvi, mōtum, v. 2, *move.*
mox, adv. *presently.*
mūgītus, -ūs, m. *bellowing.*
mulceo, -si, -sum, v. 2, *soothe.*
mulcta, -ae, f. *fine, penalty.*
mulctrārium, -ii, n. *milking-pail.*
mŭlier, -ĕris, f. *woman.*
multĭplex, -plĭcis, adj. *manifold, various.*
multĭtūdo, -ĭnis, f. *multitude.*
multo, -āvi, -ātum, v. 1, *fine, punish.*
multus, -a, -um, adj. *many, much.*
mūnio, -īvi, -ītum, v. 4, *build, fortify.*
mūnus, -ĕris, n. *gift.*
mūrus, -i, m. *wall.*
mus, mūris, m. *mouse.*
musca, -ae, f. *fly.*
mūto, -āvi, -ātum, v. 1, *change, exchange.*

N

nactus, -a, -um, part. *from* nanciscor.
nam, conj. *for.*
nanciscor, nactus, v. 3, dep. *obtain.*
nāres, -ium, f. *nostrils, nose.*
narro, -āvi, -ātum, v. 1, *narrate, tell.*

nascor, nātus, v. 3, dep. *be born.*
nāsus, -i, m. *nose.*
năto, -āvi, -ātum, v. 1, *swim.*
nātu, adv. *by birth.*
nātūra, -ae, f. *nature.*
nātus, -i, m. *son.*
naufrăgium, -ii, n. *shipwreck;* facere, *to be shipwrecked.*

nausea, -ae, f. *sea-sickness.*
nauta, -ae, m. *sailor.*
nāvĭgo, -āvi, -ātum, v. 1, *sail.*
nāvis, -is, f. *ship.*
-nĕ, interrog. particle.
nē, conj. *lest, and not ; adv. not*
  (nē . . . quĭdem, *not even*).
nec, conj. *neither, nor.*
nĕcessārio, adv. *unavoidable.*
nĕco, -āvi, -ātum, v. 1, *kill.*
nĕfandus, -a, -um, adj. *horrible.*
neglĭgo, -exi,-ectum, v. 3, *neglect,*
  omit.
nĕgo, -āvi, -ātum, v. 1, *deny, say*
  no, refuse.
negōtium, -ii, n. *business, affair.*
nēmo, -ĭnis, pron. *no one.*
nempè, adv. *truly.*
nĕmus, -ŏris, n. *wood, grove.*
nĕpos, -ōtis, c. *grandson, grand-*
  daughter, nephew, niece.
Nĕro, -ōnis, m. *Nero.*
nescioquis, *somebody.*
nescius, -a, -um, adj. *ignorant.*
Nessus, -i, m. *Nessus.*
nīdus, -i, m. *nest.*
nĭger, -gra, -grum, adj. *black.*
nĭhil, n. *nothing.*
nĭhĭli, *of no value.*
nimīrum, adv. *no wonder.*
nĭmis, adv. *too much.*
nĭmĭum, adv. *too much.*
nĭsi, conj. *unless, if not.*
nīsus, -ūs, m. *struggle, effort.*
nĭtĭdus, -a, -um, adj. *shining,*
  healthy-looking, sleek, fat.
nītor, nīsus, v. 3, dep. *strive, push.*
nĭveus, -a, -um, adj. *snow-white,*
nix, nĭvis, f. *snow.*   [*snowy.*
nōbĭlis, -e, adj. *noble, well-born.*

nŏceo, -cui, -cĭtum, v. 2, *hurt.*
noctu, adv. *by night.*
Nōla, -ae, f. *Nola.*
nōlo, nōlui, *be unwilling.*
nōmen, -ĭnis, n. *name.*
non, adv. *not.*
nondum, adv. *not yet.*
nonne, interrog. particle.
non-nunquam, adv. *sometimes.*
nos, nostrum, *we (plur. of* ego).
noster, -stra, -strum, possess.
  pron. *our, ours.*
nŏto, -āvi, -ātum, v. 1, *mark.*
nōtus, -a, -um, adj. *known.*
nŏvus, -a, -um, adj. *new, strange.*
nox, noctis, f. *night.*
noxia, -ae, f. *harm, hurt.*
nūbes, -is, f. *cloud.*
nūbo, -psi, -ptum, v. 3, *marry;*
  lit. *put on the wedding veil.*
nūdo, -āvi, -ātum, v. 1, *strip, lay*
  bare.
nūdus, -a, -um, adj. *naked, bare.*
nullus, -a, -um, adj. *none, no.*
num, interrog. particle.
nŭmĕro, -āvi, -ātum, v. 1, *count*
  number, pay.
nŭmĕrus, -i, m. *number.*
nummus, -i, m. *coin, money.*
num-quid, interrog. *is there any-*
nunc, adv. *now.*   [*thing?*
nunquam, adv. *never.*
nuntio, -āvi, -ātum, v. 1, *an-*
  nounce, tell.
nuntius, -ii, m. *messenger.*
nūper, adv. *lately.*
nuptiae, -ārum, f. *wedding.*
nūrus, -ūs, f. *daughter-in-law.*
nutrix, -īcis, f. *nurse.*
nux, nŭcis, f. *nut.*

O

O, *exclamation, O!*
ob, prep. *on account of.*
obdūco, -xi, -ctum, v. 3, *draw*
  over, cover.

ŏbēdiens, -entis, adj. *obedient.*
objĭcio, -jēci, -jectum, v. 3, *throw*
  in the way, expose.
oblātus, -a, -um, part. *from* offero.

oblĭtus, -a, -um, part. *from* obliviscor.

oblīviscor, -lītus, v. 3, dep. *forget.*

obscūro, -āvi, -ātum, v. 1, *darken.*

obsĕro,-āvi,-ātum, v. 1, *lock,bolt.*

observo,-āvi,-ātum,v. 1, *observe, watch.*

obses, -ĭdis, c. *hostage.*

obsŏlētus, -a, -um, adj. *decayed, worn out.*

obstŭpĕfăcio, -fēci, -factum, v. 3, *amaze, astound.*

obtĕgo, -xi, -ctum, v. 3, *cover up.*

obtĭneo, -tĭnui, -tentum, v. 2, *possess, gain.*

obviam, adv. *to meet.*

obvius, -a, -um, adj. *meeting, to meet.*

occāsio, -ōnis, f. *opportunity.*

occāsus, -ūs, m. *sunset, west.*

occĭdo, -cĭdi, -cāsum, v. 3, *perish, die.*

occĭdo, -cĭdi, -cīsum, v. 3, *kill.*

occŭlo, -cŭlui, -cultum, v. 3, *cover, hide.*

occulto, -āvi, -ātum, v. 1, *hide.*

occultus, -a, -um, part. *concealed, hidden ;* in occulto, *in secret.*

occŭpo, -āvi, -ātum, v. 1, *seize, hold, take possession of.*

occurro, -curri, -cursum, v. 3, *meet, run up.*

ōceănus, -i, m. *ocean.*

octo, indec. adj. *eight.*

ŏcŭlus, -i, m. *eye.*

ŏdium, -ii, n. *hatred.*

ŏdor, -ōris, m. *smell.*

ŏdōror, -ātus, v. 1, dep. *smell.*

Oechălia, -ae, f. *Oechalia.*

offendo, -di, -sum, v. 3, *strike upon, hit upon, offend.*

offĕro, obtŭli, oblātum, v. *offer, expose.*

officium, -ii, n. *duty.*

ŏlĕum, -i, n. *oil.*

ōlim, adv. *once upon a time, formerly.*

omnīno, adv. *altogether, absolutely.*

omnis, -e, adj. *all, every.*

ŏmitto, -mīsi, -mīssum, v. 3, *omit, neglect.*

ŏnĕro, -āvi, -ātum, v. 1, *load, burden.*

ŏnus, -ĕris, n. *burden.*

ŏnustus, -a, -um, adj. *loaded, laden.*

ŏpĕra, -ae, f. *pains, task, help.*

ŏpĕrio, -ui, -pertum, v. 4, *cover.*

ŏpes, -um, f. *wealth.*

ŏpĭmus, -a, -um, adj. *wealthy, rich.*

ŏportet, -uit, v. 2, impers. *it is necessary, (I) must, ought.*

oppĭdānus, -i, m. *townsman.*

oppĭdum, -i, n. *town.*

oppōno, -pŏsui, -pŏsĭtum, v. 3, *oppose.*

opportūnus, -a, -um, adj. *convenient, suitable.*

opprĭmo, -pressi, -pressum, v. 3, *overcome, crush, surprise.*

oppugno, āvi, -ātum, v. 1, *attack, besiege.*

optĭmus,-a,-um, superl. *of* bonus.

opto, -āvi, -ātum, v. 1, *choose,*

ōra, -ae, f. *shore.* [*wish for.*

ōrātio, -ōnis, f. *speech.*

ōrātor, -ōris, m. *speaker, orator.*

ŏriens, -tis, m. *east, where the sun rises.*

orno, -āvi, -ātum, v. 1, *fit out, adorn.*

ōro, -āvi, -ātum, v. 1, *beg, pray.*

os, -ōris, n. *mouth, face.*

os, ossis, n. *bone.*

ostendo, -di, $\left\{ \begin{array}{l} \text{-tum,} \\ \text{-sum,} \end{array} \right\}$ v. 3, *show.*

ostium, -ii, n. *door.*

ostrum, -i, n. *purple.*

ōtium, -ii, n. *case, leisure, holiday.*

ŏvīle, -is, n. *sheepfold.*
ŏvis, -is, f. *sheep.*

ōvum, -i, n. *egg;* ab ovo usque ad mala, *from beginning to end.*

P

pābŭlum,-i, n. *fodder,sustenance.*
Pădius, -ii, m. *Padius.*
paene, adv. *almost, nearly.*
pălam, adv. *openly.*
pallium, -ii, n. *cloak.*
palma, -ae, f. *palm (the tree), palm, prize, victory.*
pālus, -i, m, *stake.*
pālus, -ūdis, f. *marsh.*
pando, -di, -sum, v. 3, *spread, unfold, open.*
pānis, -is, m. *bread, loaf.*
pannōsus, -a, -um, adj. *ragged, tattered.*
Panurgius, -ii, m. *Panurgius.*
par, adj. *equal.*
părātus, -a, -um, adj. *ready.*
parco, pĕperci, parsum, v. 3, *spare, use sparingly.*
parcus, -a, -um, adj. *thrifty.*
părens, -entis, c. *parent.*
păreo, -ui, -ĭtum, v. 2, *obey.*
păries, -iĕtis, m. *wall.*
pario, pĕpĕri, partum, v. 3, *bring forth, produce.*
părĭter, adv. *equally.*
păro, -āvi, -ātum, v. 1, *get ready, prepare, build.*
pars, -tis, f. *part, share, direction;*
partim, adv. *partly.* [*place.*
părum, adv. *little, too little.*
părumper, adv. *for a short time.*
parvus, -a, -nm, adj. *small, little.*
pāsco, pāvi, pastum, v. 3, *feed.*
pascor, pastus, v. 3, dep. *browse, support oneself.*
passim, adv. *in all directions.*
passus, -ūs, m. *step, pace.*
pastor, -ōris, m. *shepherd.*
pătĕfacio, -fēci, -factum, v. 3, *open, throw open.*

pŭteo, -ui, v. 2, *lie open, stand open.*
păter, -tris, m. *father.*
păternus, -a, -um, adj. *of or belonging to a father.*
pătiens, adj. *enduring, patient.*
pătienter, adv. *patiently.*
pătientiă, -ae, f. *endurance, patience.*
pătior, passus, v. 3, dep. *suffer.*
patria, -ae, f. *country, fatherland.*
pătrĭmōnium, -ii, n. *inheritance, estate.*
patruus, -i, m. *uncle.*
paucus, -a, -um, adj. *few.*
paulātim, adv. *by degrees.*
paulisper, adv. *for a little while.*
paulo, adv. *a little.*
paulum, adv. *a little.*
pauper, adj. *poor;* subs. *a poor man.*
paupertas, -ātis, f. *poverty.*
păvĭdus, -a, -um, adj. *fearful.*
pāvo, -ōnis, m. *peacock.*
păvor, -ōris, m. *fear, alarm.*
pax, pācis, f. *peace.*
pectus, -ŏris, n. *breast, soul.*
pēcūlium, -ii, n. *private purse.*
pēcūnia, -ae, f. *money.*
pĕcus, -ŏris, n. *flock.*
pĕcus, -ŭdis, f. *cattle.*
pĕdes, pĕdĭtis, m. *foot-soldier.*
pellis, pellis, f. *skin.*
pello, pĕpŭli, pulsum, v. 3, *drive.*
pendœo, pĕpendi, v. 2, *hang.*
pĕnetrālia, -ium, n. *interior, inner part of a house.*
penna, -ae, f. *wing.*
per, prep. *through, by means of.*

pĕrăgo, -ēgi, -actum, v. 3, *accomplish, complete.*

percurro, -ri, -sum, v. 3, *run through, pass through.*

percŭtio, -cussi, -cussum, v. 3, *strike.*

perdo, -dĭdi, -dĭtum, v. 3, *lose, destroy.*

pĕreo, -ii, -ĭtum, v. 4, *perish.*

pĕrerro, -āvi, -ātum, v. 1, *wander through.*

perfĕro, -tŭli, -lātum, v. *carry through, convey, endure.*

perfĭcio, -fēci, -fectum, v. 3, *complete, accomplish.*

perfĭdus, -a, -um, adj. *treacherous.*

perfŏro, -āvi, -ātum, v. 1, *bore.*

perfŭgio, -fūgi, -fūgĭtum, v. 3, *flee for refuge.*

perfŭgium, -ii, n. *shelter, refuge.*

perfunctus, -a, -um, part. perfungor.

perfungor, -functus, v. 3, dep. *perform, fulfil.*

pergo, perrexi, perrectum, v. 3, *continue, go on, go.*

pĕrīcŭlōsus, -a, -um, adj. *dangerous.*

pĕrīcŭlum, -i, n. *danger.*

pĕrītus, -a, -um, adj. *skilful.*

perlustro, -āvi, -ātum, v. 1, *wander through.*

Persae, -ārum, m. *Persians.*

persolvo, -solvi, -sŏlūtum, v. 3, *release, pay.*

persōna, -ae, f. part. *character.*

persŏno, -ui, -ĭtum, v. 1, *resound.*

perspĭcio, -exi, -ectum, v. 3, *look at, perceive.*

persuadeo, -si, -sum, v. 2, *persuade.*

perterrĭtus, -a,-um,adj.*frightened.*

pertĭnācia, -ae, f. *perseverance, obstinacy.*

pertĭnax, -ācis, adj. *steadfast, obstinate.*

perturbo, -āvi, -ātum, v. 1, *disturb, throw into confusion.*

pervĕnio, -vēni, -ventum, v. 4, *arrive at, reach.*

pervĭcācia, -ae, f. *stubbornness.*

pēs, pĕdis, m. *foot.*

pestis, -is, f. *plague.*

pĕto, -ivi or -ii, -ītum, v. 3, *seek, attack, aim at.*

phărus, -i, f. *lighthouse.*

Philippus, -i, m. *Philip.*

phĭlŏsŏphia, -ae, f. *philosophy.*

phĭlŏsŏphus, -i, m. *philosopher.*

Phrўgia, -ae, f. *Phrygia.*

Phyllis, -ĭdis, f. *Phyllis.*

pictus, -a, -um, part. *embroidered.*

pĭger, -gra, -grum, adj. *idle, slow, inactive.*

pĭget, -uit, v. 2, impers. *it disgusts me*

pinguis, -e, adj. *fat.*

piscātor, -ōris, m. *fisherman.*

piscis, -is, m. *fish.*

pistor, -ōris, m. *baker.*

pix, pĭcis, f. *pitch.*

plăcenta, -ae, f. *cake.*

plăceo, -cui, -cĭtum, v. 2, *please.*

plăcĭdē, adv. *quietly.*

plāco, -āvi, -ātum, v. 1, *calm, appease.*

plăga, -ae, f. *net.*

Plancus, -i, m. *Plancus.*

plaudo, -si, -sum, v. 3, *clap the hands, applaud.*

plaustrum, -i, n. *waggon.*

plebs, -is, f. *common people.*

plēnus, -a, -um, adj. *full.*

plērumque, adv. *often.*

plōro, -āvi, -ātum, v. 1, *bewail.*

plūrĭmus, -a, -um, superl. adj. *most.*

plūs, adv. n. *more.*

Plūtus, -i, m. *Plutus.*

pōcŭlum, -i, n. *cup.*

poena, -ae, f. *penalty, punishment;* sumo poenas, *I punish;* do poenas, *I am punished.*

poene, adv. *almost.*

poenĭtet, -uit, v. 2, impers. *it repents.*

Pompeius, -ii, m. *Pompey.*

pōmum, -i, n. *apple.*

pondus, -ĕris, n. *weight.*

pōno, pŏsui, pŏsitum, v. 3, *place.*

pons, -ntis, m. *bridge.*

porcŭlus, -i, m. *sucking pig.*

porrĭgo, -rexi, -rectum, v. 3, *stretch out, offer.*

porta, -ae, f. *gate.*

portentum, -i, n. *marvel.*

porto, -āvi, -ātum, v. 1, *carry.*

portus, -ūs, m. *harbour.*

posco, pŏposci, v. 3, *demand, beg for.*

possum, pŏtui, v. *be able.*

post, prep. *after.*

postĕrus, -a, -um, adj. *next.*

posthac, adv. *afterwards, in future.*

postis, -is, m. *door-post.* [*future.*

postquam, conj. *after that.*

postrēmo, adv. *at last, finally.*

postrĭdiè, adv. *on the next day.*

postŭlo, -āvi, -ātum, v. 1, *ask, demand.*

pŏtior, -itus, v. 4, *obtain, possess.*

pŏtius, adv. *rather.*

prae, prep. *before, on account of.*

praebeo, -ui, -itum, v. 2, *offer, give.*

praeceps, -cĭpĭtis, adj. *headlong.*

praecĭpio, -cēpi, -ceptum, v. 3, *take in advance, warn, anticipate.*

praecĭpĭto, -āvi, -ātum, v. 1, *throw head first.*

praecĭpuè, adv. *chiefly.*

praeclārus, -a, -um, adj. *celebrated.*

praeda, -ae, f. *booty, prey.*

praedico, -xi, -ctum, v. 3, *foretell.* [*with.*

praedĭtus, -a, -um, part. *endowed*

praefectus, -i, m. *governor.*

praefĭcio, -fēci, -fectum, v. 3, *set over, place in command.*

praelambo, -bi, -bĭtum, v. 3, *lick first.*

praemium, -ii, n. *reward.*

praemŏneo, -ui, -ĭtum, v. 2, *warn beforehand.*

praerumpo, -rūpi, -ruptum, v. 3, *break off.*

praeruptus, -a, -um, part. *steep.*

praescribo, -scripsi, -scriptum, v. 3, *appoint, advise.*

praescriptum, -i, n. *rule, order.*

praesentio, -si, -sum, v. 4, *feel beforehand, have a presentiment.*

praesĭdium, -ii, n. *guard, watch.*

praestans, -antis, adj. *remarkable, conspicuous.*

praesto, -ĭti, -ĭtum, -ātum, v. 1, *fulfil, show.*

praesum, -fui, v. *superintend.*

praeter, prep. *except.*

praetĕreo, -īvi or -ii, -ĭtum, v. 4, *pass by.*

praeteritus, -a, -um, adj. *past.*

praetermitto, -mīsi, -missum, v. 3, *omit, lose.*

praetervĕhor, -vectus, v. 3, dep. *ride by, sail by, ahead.*

praetor, -ōris, m. *praetor, chief magistrate.*

praetōrium, -ii, n. *general's tent.*

prātum, -i, n. *meadow.*

prĕces, -um, f. *prayers.*

prĕhendo, -di, -sum, (v. 3, *grasp.*

prĕmo, pressi, pressum, v. 3, *press, oppress.*

prĕtiōsus, -a, -um, adj. *valuable.*

prĕtium, -ii, n. *price, value.*

prīdiè, adv. *on the day before.*

prīmo, adv. *at first.*

prīmum, adv. *first.*

prīmus, -a, -um, adj. *first.*

princeps, -cĭpis, c. *chief, prince.*

prior, prius, comp. adj. *before, former.*

pristĭnus, -a, -um, adj. *former.*

prīvātus, -a, -um, part. *deprived of.*

prīvātus, -a, -um, adj. *private.*

pro, adv. *before, for.*

prŏbĭtas, -ātis, f. *justice, upright-ness.*

probrum, -i, n. *disgrace, reproach.*

prŏbus, -a, -um, adj. *virtuous, honest.*

prōcēdo, -cessi, -cessum, v. 3, *go forward, advance.*

prŏcella, -ae, f. *storm.*

prŏcērus, -a, -um, adj. *long.*

prŏcul, adv. *far off.*

prŏcurro, -cucurri, -cursum, v. 3, *run forward.*

prōdĭgĕ, adv. *extravagantly.*

prōdĭgĭum, -ii, n. *marvel, miracle.*

prōdĭgus, -a, -um, adj. *wasteful, lavish.*

prōdĭtor, -ōris, m. *traitor.*

prōdo, -dĭdi, -dĭtum, v. 3, *give forth, betray, deliver up.*

prōdūco, -xi, -ctum, v. 3, *bring forward, prolong.*

proelium, -ii, n. *battle.*

prŏfectus, -a, -um, part. proficiscor.

prŏfĭciscor, profectus, v. 3, dep. *start.*

prŏfundus, -a, -um, adj. *deep.*

prōhĭbeo, -ui, -ĭtum, v. 2, *prevent.*

prōjĭcio, -jēci, -jectum, v. 3, *throw forward, stretch out.*

prōlābor, prolapsus, v. 3, dep. *fall down, slip.*

prōlapsus, -a, -um, part. prolabor.

prōles, -is, f. *offspring.*

prōmissum, -i, n. *promise.*

promptus, -a, -um, adj. *ready, quick.*

prōpello, -pŭli, -pulsum, v. 3, *drive forward.*

prŏpĕro, -āvi, -ātum, v. 1, *hasten, hurry.*

prŏpinquus, -a, -um, adj. *near.*

prōpōno, -pŏsui, -pŏsitum, *display, offer, propose.*

proprius, -a, -um, adj. *one's own, special.*

propter, prep. *on account of, by.*

prōsĭlio, -ui, v. 4, *leap forth.*

prospĕre, adv. *successfully.*

prōsum, -fui, v. *do good to, benefit.*

prōtĭnus, adv. *forthwith, directly.*

prōvŏlo, -āvi, v. 1, *fly forth.*

prōvolvo, -volvi, -vŏlutum, v. 3, *roll forward.*

proxĭmus, -a, -um, superl. adj. *last, nearest.*

prūdentia, -ae, f. *prudence, foresight.*

publĭcus, -a, -um, adj. *public.*

pŭdet, -uit, v. 2, impers. *it shames.*

pŭdicus, -a, -um, adj. *modest.*

pŭdor, -ōris, m. *shame, modesty.*

puella, -ae, f. *girl.*

puer, -i, m. *boy.*

pugna, -ae, f. *fight.*

pugno, -āvi, -ātum, v. 1, *fight.*

pugnus, -i, m. *fist.*

pulcher, -chra, -chrum, adj. *beautiful.*

pullus, -i, m. *chicken, young.*

pulso, -āvi, -ātum, v. 1, *beat, knock.*

pulvis, -ĕris, m. *dust.*

punctus, -ūs, m. *prick, sting.*

pungo, pŭpŭgi, punctum, v. 3, *prick, pierce.*

pūnio, -īvi *or* -ii, -ītum, v. 4, *punish.*

purgo, -āvi, -ātum, v. 1, *excuse, clear.*

purpŭreus, -a, -um, adj. *purple.*

pŭteus, -i. m. *well.*

pŭto, -āvi, -ātum, v. ı, *think.*

putrĭdus, -a, -um, adj. *rotten, decayed.*

Q

quā, adv. *where.*
quadrīgae, -ārum, f. *four-horse chariot.*
quaero, -sīvi, -sītum, v. 3, *seek, ask.*
quaeso, v. 3, *I pray.*
quam, adv. *how, as:* with comparative, *than;* with superlative, *as possible;* quam celerrime, *as quickly as possible.*
quamobrem, adv. *on which account.*
quamquam, adv. *although.*
quantus, -a, -um, adj. *how great! as.*
quartus, -a, -um, adj. *fourth.*
quattuor, adj. *four.*
-quĕ, *and.*
quercus, -ūs, f. *oak.*
quĕrēla, -ae, f. *complaint.*
quĕror, questus, v. 3, dep. *complain.*
questus, -ūs, m. *complaint.*
qui, quae, quod, rel. pron. *who, which.*

quia, conj. *because.*
quīcumque, pron. *whoever.*
quīdam, quaedam, quoddam *or* quiddam, pron. *a certain man.*
quīdem, adv. *indeed.*
quingenti, -ae, -a, num. adj. *five hundred.*
quinquaginta, num. adj. *fifty.*
quinque, num. adj. *five.*
quis, quid, pron. *who? what?*
quisque, quaeque, quodque *or* quicque, pron. *each.*
quo, adv. *whither.*
quod, conj. *because.* [*manner?*
quōmŏdo, adv. *how? in what*
quondam, adv. *once upon a time, formerly.*
quŏque, conj. *also.*
quot, adj. indecl. *how many? as.*
quŏtĭdiānus, -a, -um, adj. *daily.*
quŏtĭdiè, adv. *daily.*
quum, conj. *when, since.*
quum . . . tum, *both . . . and.*

R

rādīcĭtus, adv. *from the roots, utterly.*
rădius, -ii, m. *ray.*
rādix, -īcis, f. *root.*
rāmus, -i, m. *branch.*
răpĭdus, -a, -um, adj. *swift.*
răpīna, -ae, f. *robbery, plunder, rapine.*
răpio, -ui, raptum, v. 3, *seize, carry off.*
raptim, adv. *hurriedly.*
raptus, -a, -um, part. rapio.
rāpum, -i, n. *turnip.*
rătio, -ōnis, f. *reason, method.*
rătis, -is, f. *ship, raft.*

raucus, -a, -um, adj. *hoarse, discordant.*
rĕcēdo, -cessi, -cessum, v. 3, *retire, go back.*
rĕcenseo, -sui, -sum, *or* -sītum, v. *review.*
rĕcessus, -ūs, m. *corner.*
rĕcĭpio, -cēpi, -ceptum, v. 3, *recover; with* se, *retreat;* ănĭmum recipere, *to recover the senses.*
rĕcreo, -āvi, -ātum, v. 1, *refresh.*
rectè, adv. *rightly.*
rĕcŭpĕro, -āvi, -ātum, v. 1, *recover.*   [*retire.*
rĕcurro, -curri, v. 3, *run back,*

rĕcūso, -āvi, -ātum, v. 1, *refuse.*
reddĭtus, -a, -um, part. reddo.
reddo, -dĭdi, -dĭtum, v. 3, *give,*
　give back, render.
rĕdeo, -ii, -ĭtum, *go back, return.*
rĕdīgo, -ēgi, -actum, v. 3, *reduce.*
rĕdĭtus, -ūs, m. *return.*
rĕdux, rĕdŭcis, adj. *returned.*
rĕfĕro, rettuli, rĕlātum, *relate,*
　refer, bring back; pĕdem, *to*
　retreat.
rēgia, -ae, f. *palace.*
rēgīna, -ae, f. *queen.*
rĕgio, -ōnis, f. *country.*
rēgius, -a, -um, adj. *royal.*
regno, -āvi, -ātum, v. 1, *rule.*
regnum, -i, n. *kingdom.*
rĕgo, -xi, -ctum, v. 3, *rule.*
regrĕdior, rĕgressus, v. 3, *go*
　back, return.
rĕgressus, -a, -um, part. regrĕdior.
rĕjĭcio, -jēci, -jectum, v. 3, *throw*
　back.
rĕlēgo, -āvi, -ātum, v. 1, *banish.*
rĕlictus, -a, -um, part. relinquo.
rĕlinquo, -īqui, -ictum, *leave.*
rĕlĭqui, -ōrum, n. pl. *the rest.*
rĕlĭquus, -a, -um, adj. *remaining*
rĕmĕdium, -ii, n. *remedy, cure.*
rĕmitto, -mīsi, -mīssum, v. 3,
　send back, remit.
rēmus, -i, m. *oar.*
rĕnŏvo, -āvi, -ātum, v. 1, *renew.*
rĕpentè, adv. *suddenly.*
rĕpĕto, -ii or -īvi, -ītum, v. 3,
　seek again, resume, exact.
rĕpōno, -pŏsui, -pŏsĭtum, v. 3,
　replace.
rĕporto, -āvi, -ātum, v. 1, *carry*
　back, gain, carry off.
rĕpugno, -āvi, -ātum, v. 1, *fight*
　against, resist.
rĕquies, -ētis, f. *rest.*
rĕquiesco, -ēvi, -ētum, v. 3, *rest.*
res, rei, f. *thing.*

rĕsĕro, -āvi, -ātum, v. 1, *unlock,*
　open.
rĕsĭdeo, -sēdi, v. 2, *remain.*
rĕsŏno, -āvi, v. 1, *resound, echo.*
respondeo, -di, -sum, v. 2, *answer.*
responsum, -i, n. *answer, advice.*
respublĭca, rei-publĭcae, f. *state.*
respuo, -ui, v. 3, *spit out, reject.*
restĭtuo, -ni, -ūtum, v. 3, *restore.*
rĕsurgo, -surrexi, -surrectum, v.
　3, *rise again.*
rĕtentus, -a, -um, part. retineo.
rĕtĭneo, -tĭnui, -tentum, v. 2,
　hold back, detain.
reus, -i, m. *prisoner, culprit.*
rĕvĕnio, -vēni, -ventum, v. 4,
　return.
rĕvērà, *in truth.*
rex, rēgis, m. *king.*
Rhēnus, -i, m. *Rhine.*
Ricardus, -i, m. *Richard.*
rīdeo, rīsi, rīsum, v. 2, *laugh at,*
　laugh.
rĭgeo, v. 2, *stiffen.*
rĭgĭdus, -a, -um, adj. *stiff.*
rīma, -ae, f. *a crack, chink.*
rīpa, -ae, f. *bank.*
rīsus, -ūs, m. *laugh.*
rixor, -ātus, v. 1, dep. *quarrel.*
Robertus, -i, m. *Robert.*
rōdo, -si, -sum, v. 3, *gnaw.*
rŏgo, -āvi, -ātum, v. 1, *ask.*
rŏgus, -i, m. *funeral pile.*
Rollo, -ōnis, m. *Rollo.*
Rōmānus, -a, -um, adj. *Roman.*
Roscius, -ii, m. *Roscius.*
rŏseus, -a, -um, adj. *rosy.*
rostrum, -i, n. *beak.*
rumpo, rūpi, ruptum, v. 3, *break*
　burst.
ruo, rui, ruĭtum, v. 3, *rush.*
rūpes, -is, f. *rock.*
rus, rūris, n. *country.*
rustĭcus, -a, -um, adj. *country.*
rustĭcus, -i, m. *countryman.*

S

saccus, -i, m. *sack, bag.*
săcer,-cra,-crum, adj. *holy,sacred.*
săcerdos, -dōtis, c. *priest.*
săcra, -orum, n. *sacred rites.*
saepe, adv. *often.*
saepissime, sup. adv. *very often.*
saevus, -a, -um, adj. *cruel,savage.*
săgitta, -ae, f. *arrow.*
săgittārius, -ii, m. *archer.*
saltem, adv. *at least.*
salto,-āvi,-ātum,v.1,*jump,dance.*
saltus, -ūs, m. *leap.*
saltus, -ūs, m. *wood, glade.*
sălūber, -bris, -bre, adj. *healthy.*
sălūs, -ūtis, f. *health, safety.*
sălūto, -āvi, -ātum, v. 1, *greet.*
salvē, *good-day, welcome.*
salveo, v. 2, *be well;* salvere
  jubeo, *I welcome.*
salvus, -a, -um, adj. *unhurt, well.*
sanguĭneus, -a, -um, adj. *bloody.*
sanguis, -ĭnis, m. *blood.*
sāno, -āvi, -ātum, v. 1, *cure, heal.*
sānus, -a, -um, adj. *healthy.*
săpiens, -entis, adj. *wise.*
săpientia, -ae, f. *wisdom.*
Sarracēnus, -i, *Saracen.*
sartor, -ōris, m. *cobbler.*
sătis, adv. *enough.*
sătўrus, -i, m. *satyr.*
saucius, -a, -um, adj. *wounded.*
saxum, -i, n. *stone, rock.*
scando, -di, -sum, v. 3, *climb.*
scăpha, -ae, f. *boat.*
scĕlĕrātus, -a, -um, adj. *wicked.*
scĕlus, -ĕris, n. *crime, wickedness.*
scindo, scĭdi, scissum, v. 3, *tear.*
scīpio, -ōnis, m. *stick.*
scŏpŭlus, -i, m. *rock.*
Scŏti, -ōrum, *Scots.*
scrībo, -psi, -ptum, v. 3, *write;*
  (*of troops*), *levy.*
scriptor, -ōris, m. *writer, author.*
scrūtātus, -a, -um, part. scrutor.

scrūtor, scrūtātus, v. 1, dep.
  examine carefully.
Scythia, -ae, f. *Scythia.*
se, pron. reflex. *himself, herself,
  itself, themselves;* inter se, *one
  another.*
sĕcundum, prep. *after, along.*
sĕcundus, -a, -um, adj. *second,*
sĕcūris, -is, f. *axe.* [*favourable.*
sĕcūrus, -a, -um, adj. *careless,safe.*
sĕcus, adv. *otherwise.*
sed, conj. *but.*
sĕdeo, sēdi, sessum, v. 2, *sit.*
sēdes, -is, f. *seat.*
sēdĭtio, -ōnis, f. *revolt.*
sēdĭtiōsus,-a, -um, adj. *mutinous.*
sēdŭlus, -a, -um, adj. *careful,
  zealous.*
sĕges, -ĕtis, f. *corn-field.*
segnis, -e, adj. *slow.*
segnĭtia, -ae, f. *slowness.*
sĕmel, adv. *once.*
sēmiănĭmis, -e, adj. *half-dead.*
sēmiănĭmus, -a, -um, adj. *half-
  dead.*
semper, adv. *ever, always.*
sĕnectus, -tūtis, f. *old age.*
sĕnex, sĕnis, m. *old man.*
sensus, -ūs, m. *feeling.* [*ceive.*
sentio,sensi,sensum,v. 4,*feel,per-*
sĕpĕlĭo, sĕpĕlii *or* sĕpĕlīvi, sĕpul-
  tum, v. 4, *bury.*
septem, num. adj. *seven.*
septentriōnes, -um, m. *north.*
sĕpulcrum, -cri, n. *tomb.*
sĕquor, sĕcūtus, v. 3, dep. *follow.*
sĕrēnus, -a, -um, adj. *clear, calm,
  unruffled.*
sermo, -ōnis, m. *conversation,
  discourse;* sĕrĕre sermonem,
  talk, converse.
sĕro, sĕrui, sertum, v. 3, *sew, join.*
sĕro, sēvi, sătum, v. 3, *sow, plant.*
sēro, adv. *late.*

serpens, -tis, f. *serpent, snake.*
servo, -āvi, -ātum, v. 1, *keep,*
　preserve.
servus, -i, m. *slave, servant.*
seu, conj. *whether.*
sēvērus, -a, -um, adj. *stern, severe.*
sex, num. adj. *six.*
sexcenti, -ae, -a, adj. *six hundred.*
　Used of any big number,
　si, conj. *if.*　　　[*thousands.*
sic, adv. *so.*
signum, -i, n. *sign, standard.*
sīlens, adj. *silent.*
sīlenter, adv. *silently.*
sīleo, -ui, v. 2, *be silent.*
silva, -ae, f. *wood.*
silvestris, -e, adj. *woodland.*
sīmia, -ae, f. *monkey.*
sīmīlis, -e, adj. *like.*
sīmius, -ii, m. *monkey.*
sīmul, adv. *together, at same time;*
　conj. *as soon as.*　　　[*imitate.*
sīmŭlo, -āvi, -ātum, v. 1, *pretend,*
sīnè, prep. *without.*
singillatim, adv. *singly, one by one.*
singŭlaris, -e, adj. *remarkable.*
singŭli, -ae, -a, adj. *one to each,*
　one a-piece, each.
sīno, sīvi, sītum, v. 3, *allow.*
Sīnon, -ōnis, m. *Sinon.*
sīnus, -ūs, m. *bosom.*
sisto, stĭti, stătum, v. 3, *stop.*
sĭtiens, -entis, adj. *thirsty.*
sĭtis, -is, f. *thirst.*
sīve, conj. *whether;* sive . . .
　seu, *whether . . . or.*
sŏciĕtas, -ātis, f. *alliance.*
sŏcius, -i, m. *ally, partner,*
sol, sōlis, m. *sun.*　　[*companion.*
sŏlea, -ae, f. *shoe.*
sōlennis, -e, adj. *solemn, ap-*
　pointed, common.
sŏleo, -ĭtus, v. 2, *be accustomed.*
solĭcĭtūdo, -ĭnis, f. *anxiety.*
solĭcĭtus, -a, -um, adj. *anxious.*
Solimānus, -i, m. *Soliman.*
sŏlĭtus, -a, -um, part. soleo.

sŏlium, -ii, n. *throne.*
sōlum, adv. *only.*
sŏlnm, -i, n. *soil, ground.*
sŏlus, -a, -um, adj. *alone, only.*
solvo,　solvi,　sŏlūtum,　v. 3,
　loose, set sail, pay.
somnium, -ii, n. *dream.*
somnus, -i, m. *sleep.*
sŏnĭtus, -ūs, m. *sound.*
sŏno, -ui, -ītum, v. 3, *sound.*
sŏnus, -i, m. *sound, noise.*
sŏpor, -ōris, m. *sleep.*
sordĭdus, -a, -um, adj. *dirty.*
sŏror, -ōris, f. *sister.*
Spartăcus, -i, m. *Spartacus.*
spătium, -ii, n. *space, distance.*
spĕcĭes, -ei, f. *figure, kind, ap-*
　pearance.
spectācŭlum, -i, n. *sight.*
specto, -āvi, -ātum, v. 1, *look at.*
sperno, sprēvi, sprētum, v. 3,
　despise.
spes, -ēi, f. *hope.*
spīrĭtus, -ūs, m. *breath.*
splendĭdè, adv. *magnificently.*
splendĭdus, -a, -um, adj. *splendid,*
　magnificent.　　[*deprive, steal.*
spŏlio, -āvi, -ātum, v. 1, *rob,*
sponsa, -ae, f. *betrothed.*
sponsus, -i, m. *betrothed.*
spūma, -ae, f. *foam, lather.*
stăbŭlum, -i, n. *stable, stall.*
stagnum, -i, n. *pond.*
stătim, adv. *immediately.*
stătio, -ōnis, f. *position, post.*
stella, -ae, f. *star.*
sto, stĕti, stătum, v. 1, *stand.*
stŏlĭdus, -a, -um, adj. *stupid.*
strēnuus, -a, -um, adj. *vigorous,*
　courageous.
strĕpĭtus, -ūs, m. *noise, rustling.*
strīdor, -ōris, m. *squeaking.*
stringo, -inxi, -ictum, v. 3, *draw.*
struo, -xi, -ctum, v. 3, *build,*
　devise.
stŭdium, -ii, n. *desire, zeal.*
stultĭtia, -ae, f. *folly.*

stultus, -a, -um, adj. *foolish.*

stŭpĕfăcio, -fēci, -factum, v. 3, *astonish, stun.*

suāvis, -e, adj. *sweet, delightful.*

sub, prep. *under, close to.*

subdūco, -duxi, -ductum, v. 3, *withdraw, remove from under, steal.*

sŭbĭto, adv. *suddenly.*

sŭbĭtus, -a, -um, adj. *sudden.*

sublĕvo, -āvi, -ātum, v. 1, *raise.*

submŏveo, -mōvi, -mōtum, v. 3, *remove, supplant.*

subsĭdium, -ii, n. *help, protection.*

succēdo, -cessi, -cessum, v. 3, *come up, succeed.*

successus, -ūs, m. *success.*

suffōco, -āvi, -ātum, v. 1, *choke, strangle.*

suffrāgium, -ii, n. *vote.*

sum, fui, v. *am, be.*

summus, -a, -um, sup. adj. *highest ;* summus mons, *the top of the hill.*

sūmo, sumpsi, sumptum, v. 3, *take, exact.*

sumptus, -ūs, m. *expense.*

sŭper, prep. *over, above.*

sŭperbia, -ae, f. *pride.*

sŭperbus, -a, -um, adj. *proud.*

sŭpĕrior, comp. adj. *preceding, upper.* [come.

sŭpĕro, -āvi, ātum, v. 1, *over-supersum, fui, survive, remain.*

suppĕto, -īvi, *or* -ii, -itum, v. 3, *suffice.*

suppleo, -vi, -tum, v. 2, *fill up.*

supplex, -ĭcis, *suppliant.*

supplĭcium, -ii, n. *punishment.*

supra, adv. *above.*

surdus, -a, -um, adj. *deaf.*

surgo, surrexi, surrectum, v. *rise.*

sus, suis, c. *pig.*

suscĭpio, -cēpi, -ceptum, v. 3, *undertake, incur.*

suscĭto, -āvi, -ātum, v. 1, *arouse.*

suspendo, -di, -sum, v. 3, *hang.*

suspĭcio, -ōnis, f. *suspicion.*

suspĭcor, -atus, v. 1, dep. *suspect.*

sustentus, -a, -um, part. sustineo. [endure.

sustĭneo,-tĭnui,-tentum,*sustain,* sustŭli. *See* tollo.

sŭsurrus, -ūs, m. *whisper.*

suus, -a, -um, poss. pron. *his own, their own.*

T

tăberna, -ae, f. *shop.*

tăbernācŭlum, -i, n. *tent.*

tābesco, -bui, v. 3. *pine, waste away.* [silent.

tăceo, -cui, -cĭtum, v. 2, *be*

tăcĭtè, adv. *silently, quietly.*

tăcĭtus, -a, -um, adj. *silent.*

taedet, -uit, v. 2, impers. *it disgusts, wearies.*

taenia, -ae, f. *ribbon.*

tălentum, -i, n. *talent.*

tālis, -e, adj. *such.*

tam-diu, adv. *so long.*

tămen, conj. *nevertheless, but.*

tandem, adv. *at length.* In questions, *pray ?* [touch.

tango, tĕtĭgi, tactum, v. 3, tanquam, adv. *just as, like as.*

tantus, -a, -um, adj. *so great, as much.*

tardus, -a, -um, adj. *slow.*

Tărentum, -i, n. *Tarentum.*

taurus, -i, m. *bull.*

tectum, -i, n. *roof, house.*

tĕgo, texi, tectum, v. 3, *cover.*

tēlum, -i, n. *dart.*

tĕmĕrè, adv. *rashly.*

tempestas, -ātis, f. *storm, weather.*

templum, -i, n. *temple.*
tempus, -ŏris, n. *time.*
tendo, tĕtendi, tentum *or* tensum, *stretch, draw.*
tĕnebrae, -ārum, f. *darkness.*
tĕneo, tĕnui, v. 2, *hold, restrain.*
tĕner, -ĕra, -ĕrum, ādj. *tender.*
tento, -āvi, -ātum, v. 1, *try, attempt, attack.*
tĕnuis, -e, adj. *meagre, thin.*
ter, adv. *thrice.*
tergum, -i, n. *back.*
termĭno, -āvi, -ātum, v. 1, *bound.*
tĕro, trĭvi, trĭtum, v. 3, *rub.*
terra, -ae, f. *earth, land.*
terreo, -ui, v. 2, *frighten.*
terrĭbĭlis, -e, adj. *dreadful.*
terrĭtus, -a, -um, adj. *frightened.*
tertius, -a, -um, adj. *third.*
testis, -is, c. *witness.*
tēter, -tra, -trum, adj. *loathsome, foul.*
Thēbae, -ārum, f. *Thebes.*
thermae, -ārum, f. *baths.*
thēsaurus, -i, m. *treasure, hoard.*
Thessălia, -ae, f. *Thessaly.*
tĭbia, -ae, f. *pipe, flute.*
tībīcen, -ĭnis, m. *piper, flute-player.*
tigris, -is *or* -ĭdris, c. *tiger.*
tĭmeo, -ui, v. 2, *fear.*
Tĭmon, -ōnis, m. *Timon.*
tĭmor, -ōris, m. *fear.*
tinguo, -nxi, -nctum, v. 3, *dye, tinge.*
Titus, -i, m. *Titus.*
tŏga, -ae, f. *toga, an outer garment made of a single piece of stuff.*
tŏlĕro, -āvi, -ātum, v. 1, *endure.*
tollo, sustŭli, sublātum, v. 3, *raise.*
tondeo, tŏtondi, tonsum, v. 2, *shave.*
tonsor, -ōris, m. *barber.*

torqueo, torsi, tortum, v. 2, *twist.*
torquis, -is, m. *necklace.*
torreo, torrui, tostum, v. 2, *burn, bake.*
torvus, -a, -um, adj. *grim.*
tostus, -a, -um, part. *of* torreo.
tot, adv. *so many.*
tōtus, -a, -um, adj. *all, the whole.*
trabs, trăbis, f. *beam.*
tracto, -āvi, -ātum, v. 1, *handle.*
trādo, -dīdi, -dītum, v. 3, *deliver up.*
trăho, traxi, tractum, v. 3, *draw, drag.*
Trajanus, -i, m. *Tray.*
trājĭcio, -jēci, -jectum, v. 3, *carry across, transport.*
trāno, -āvi, -ātum, v. 1, *swim across.*
tranquillè, adv. *quietly.*
tranquillus, -a, -um, adj. *quiet.*
trans, prep. *across.*
transĕo, -ii, -ītum, v. 4, *cross over.*
transfīgo, -xi, -xum, v. 3, *pierce through.*
transfixus, -a, -um, part. transfigo.
transfŏdio, -fōdi, -fossum, v. 3, *pierce through.*
transmitto, -mīsi, -missum, v. 3, *cross.*
transporto, -āvi, -ātum, v. 1, *carry across.*
transvŏlo, -āvi, -ātum, v. 1, *fly across.*
trĕcenti, -ae, -a, num. adj. *three hundred.*
tres, tria, num. adj. *three.*
trĭbuo, -ui, -ūtum, v. 3, *give, render.*
trĭbūtum, -i, n. *tribute.*
trĭginta, num. adj. *thirty.*
tristis, -e, adj. *sad.*
truncus, -i, m. *trunk.*
tu, pron. pers. *you, thou.*

tŭba, -ae, f. *trumpet.*
tŭbĭcen, -ĭnis, m. *trumpeter.*
tum, adv. *then.*
tŭmultus, -ūs, m. *tumult, uproar.*
tŭmŭlus, -i, m. *mound.*
tŭnĭca, -ae, f. *tunic, shirt.*
turba, -ae, f. *crowd.*
turbo, -āvi, -ātum, v. 1, *disturb.*

turbŭlentus, -a, -um, adj. *trouble-
    some.*
tŭrpis, -e, adj. *base, disgraceful.*
turris, -is, f. *tower.*
tussis, -is, f. *cough.*
tūtus, -a, -um, adj. *safe.*
tuus, -a, -um, poss. pron. *your,
    yours.*

U

ŭbi, adv. *where, where? when.*
ŭbĭque, adv. *everywhere.*
ŭdus, -a, -um, adj. *wet.*
ullus, -a, -um, adj. *any.*
ultĕrior, comp. adj. *further.*
ultrā, adv. *beyond.*
ŭlŭlātus, -ūs, m. *howling, wailing.*
umbra, -ae, f. *shade.*
ūnā, adv. *together with.*
unda, -ae, *wave.*
undè, adv. *from whence.*
undĕcim, num. adj. *eleven.*
undĭque, adv. *from all sides.*
unguis, -is, m. *nail, talon.*
unĭcus, -a, -um, adj. *single.*
ūnĭversus, -a, -um, adj. *all to-
    gether.*
unquam, adv. *ever.*

ūnus, -a, -um, num. adj. *one.*
urbānus, -a, -um, adj. *city, town.*
urbs, -is, f. *city.*
urgeo, ursi, v. 2, *press on, drive.*
ūro, ussi, ustum, v. 3, *burn.*
ursa, -ae, f. *she-bear.*
usque, adv. *up to.*
ut, conj., with indic. *as, when ;*
    with subj. *in order that, so that.*
ŭter, -tra, -trum, interrog. pron.
    which of two?
ŭterque, pron. indef. *each of two.*
ūtĭlis, -e, adj. *useful.*
utĭlĭtas, -ātis, f. *advantage.*
ŭtĭnam, adv. *would that.*
ūtor, ūsus, v. 3, dep. *use, employ.*
utrum, adv. *whether.*
uxor, -ōris, f. *wife.*

V

vacca, -ae, f. *cow.*
văcuus, -a, -um, adj. *empty, idle.*
vādo, v. 3, *go.*
vădum, -i, n. *ford, shallow.*
văgātus, part. *See* vagor.
văgor, -ātus, v. 1, dep. *wander,
    rove.*
valdè, adv. *strongly, intensely,
    very.*
văleo, -ui, -ĭtum, v. 2, *be strong,
    be able, well;* vălē, *good-bye.*
vălĭdus, -a, -um, adj. *strong, stout,
    powerful.*
vallis, -is, f. *valley.*

vallum, -i, n. *rampart.*
vānus, -a, -um, adj. *empty,
    groundless.*
Vārus, -i, m. *Varus.*
vas, vāsis, n. *vessel, pot* (pl.
    vāsa).
vasto, -āvi, -ātum, v. 1, *ravage.*
vastus, -a, -um, adj. *waste, im-
    mense.*
vĕhĕmenter, adv. *violently.*
vĕho, vexi, vectum, v. 3, *carry,
    convey ;* pass. *ride.*
Veii, -ōrum, m. *Veii.*
vēla, -ōrum, n. *sails.*

vēnātio, -ōnis, f. *hunting.*
vēnātor, -ōris, m. *hunter.*
vendo, -dīdi, -dītum, v. 3, *sell.*
vĕnēnum, -i, n. *poison.*
vĕnia, -ae, f. *grace, pardon.*
vĕnio, vēni, ventum, v. 4, *come.*
vēnor, -ātus, v. 1, dep. *hunt.*
venter, -tris, m. *belly.*
ventus, -i, m. *wind.*
vēr, vēris, n. *spring.*
verber, -ĕris, n. *lash, whip, blow.*
verbĕro, -āvi, -ātum, v. 1, *lash, beat.*
verbum, -i, n. *word.*
vĕrĕor, vĕrĭtus, v. 2, dep. *fear.*
vēro, adv. *indeed, in fact, however.*
Verres, -is, m. *Verres.*
verro, verri, versum, v. 3, *brush, sweep.*
versus, part. *See* verto.
verto, verti, versum, v. 3, *turn.*
vĕru, -ūs, n. *spit (for roasting).*
vĕrum, adv. *truly, but, yet.*
vērus, -a, -um, adj. *true.*
vēsānus, -a, -um, adj. *mad, maddening, raging.*
vescor, v. 3, dep. *eat, feed.*
vesper, -ĕri and -ĕris, m. *evening.*
vespĕri, adv. *in the evening.*
vester, -tra, -trum, possess. pron. *your, yours.*
vestīgium, -ii, n. *footstep, trace.*
vestīmentum, -i, n. *garment.*
vestio, -īvi, -ītum, v. 4, *dress, clothe.*
vestis, -is, f. *garment, robe.*
vĕto, -ui, -ītum, v. 1, *forbid.*
vexo, -āvi, -ātum, v. 1, *injure, molest.*
via, -ae, f. *way, road, gap.*
viātor, -ōris, m. *traveller.*
vīcīnus, -a, -um, adj. *neighbouring;* as subs. *a neighbour.*
victor, -ōris, m. *conqueror.*
victōria, -ae, f. *victory.*
vīcus, -i, m. *village, street.*
vĭdeo, vīdi, vīsum, v. 2, *see.*

vĭdeor, visus, v. 2, dep. *seem, appear.*
vĭduus, -a, -um, adj. *widowed.*
vĭgĭlanter, adv. *watchfully.*
vĭgĭlantia, -ae, f. *watchfulness.*
vĭgĭlia, -ae, f. *wakefulness, watch.*
vĭgĭlo, -āvi, -ātum, v. 1, *watch.*
vīginti, num. indec. *twenty.*
vīlis, -e, adj. *cheap, worthless.*
villa, -ae, f. *country house, villa.*
vincio, vinxi, vinctum, v. 4, *bind.*
vinco, vīci, victum, v. 3, *conquer.*
vincŭlum, -i, n. *chain.*
vindĭco, -āvi, -ātum, v. 1, *lay claim to.*
vīnum, -i, n. *wine.*
vĭŏlentia, -ae, f. *fury, vehemence.*
vĭŏlo, -āvi, -ātum, v. 1, *profane, violate, break.*
vir, vĭri, m. *man, husband.*
virga, -ae, f. *rod.*
virgo, -ĭnis, f. *maiden.*
virgultum, -i, n. *thicket, shrubbery.*
vĭrĭdis, -e, adj. *green.*
vĭrīlis, -e, adj. *manly.*
virtus, -ūtis, f. *courage, virtue.*
vis, f. sing. *force;* plur. vīres, *strength.*
vīso, -si, -sum, v. 3, *visit.*
vīsu. *See* video.
vīsus, -ūs, m. *sight.*
vīta, -ae, f. *life.*
vĭtium, -ii, n. *fault.*
vīto, -āvi, -ātum, v. 1, *avoid.*
vĭtŭlus, -i, m. *calf.*
vīvo, vixi, victum, v. 3, *live.*
vīvus, -a, -um, adj. *alive.*
vix, adv. *hardly, scarcely.*
vŏco, -āvi, -ātum, v. 1, *call, summon, invite.*
vŏlĭto, -āvi, -ātum, v. 1, *fly to and fro, hover.*
vŏlo, -āvi, -ātum, v. 1, *fly.*
vŏlo, vŏlui, *wish, be willing.*
vŏlŭcer, -cris, -cre, adj. *winged.*
vŏlucris, -is, f. *bird.*

vŏluptas, -ātis, f. *pleasure, choice.*

volvo, volvi, vŏlūtum, v. 3, *roll, ponder, meditate.*

vōtum, -i, n. *vow.*

vox, vōcis, f. *voice.*

vulgo, -āvi, -ātum, v. 1, *publish.*

vulgo, adv. *publicly, before all the world.*

vulnĕro, -āvi, -ātum, v. 1, *wound.*

vulnus, -ĕris, n. *wound.*

vulpes, -is, f. *fox.*

vultur, -ŭris, m. *vulture.*

vultus, -ūs, m. *countenance. expression.*

Z

Zēno, -ōnis, m. *Zeno.*

BY THE SAME.

EXCERPTA FACILIA. A Second Latin Translation Book. Containing a Collection of Stories from various Latin Authors, with Notes at end, and a Vocabulary. By H. R. HEATLEY, M.A., and H. N. KINGDON, M.A. 2s. 6d.

A Key for the use of Masters only, 5s.

EASY LATIN PROSE EXERCISES. Consisting of Detached Sentences and Continuous Prose. By H. R. HEATLEY, M.A. 2s.

A Key for the use of Masters only, 5s.

EASY LATIN AND GREEK GRAMMAR PAPERS. By H. R. HEATLEY, M.A. 2s.

GRAECULA. A First Book of Greek Translation. With Rules, Short Sentences, Stories for Translation, and a Vocabulary. By H. R. HEATLEY, M.A. 1s. 6d.

A Key for the use of Masters only, 5s.

www.ingramcontent.com/pod-product-compliance
Lightning Source LLC
Chambersburg PA
CBHW021134020726
47500CB00003B/1073